雁鸣关
亡灵之叹
拍电影
唐·吉河德号
虚花
身体咒
魔鬼书法家
鲸鱼记
钱小红
广州美人

广州美人
GUANGZHOU BEAUTY

MALA
马拉

陕西新华出版传媒集团

图书在版编目（CIP）数据

　　广州美人 / 马拉著. -- 西安：太白文艺出版社，2020.3（2022.1重印）
　　ISBN 978-7-5513-1827-3

　　Ⅰ. ①广… Ⅱ. ①马… Ⅲ. ①短篇小说－小说集－中国－当代 Ⅳ. ①I247.7

中国版本图书馆CIP数据核字（2020）第008609号

广州美人
GUANGZHOU MEIREN

作　　者	马　拉
责任编辑	申亚妮　蒋成龙
整体设计	王　航
出版发行	陕西新华出版传媒集团
	太白文艺出版社
经　　销	新华书店
印　　刷	三河市华东印刷有限公司
开　　本	880mm×1230mm　1/32
字　　数	121千字
印　　张	7.5
版　　次	2020年3月第1版
印　　次	2022年1月第2次印刷
书　　号	ISBN 978-7-5513-1827-3
定　　价	36.00元

版权所有　翻印必究
如有印装质量问题，可寄出版社印制部调换
联系电话：029-81206800
出版社地址：西安市曲江新区登高路1388号（邮编：710061）
营销中心电话：029-87277748

目录
Contents

雁鸣关 / 1

亡灵之叹 / 23

拍电影 / 45

唐·吉诃德号 / 69

虚花 / 86

身体咒 / 107

魔鬼书法家 / 132

鲸鱼记 / 150

钱小红 / 167

广州美人 / 187

仙鹤图 / 212

雁鸣关

「 雁鸣关 」

近在咫尺,而不可抵达。

——钱小红语录

如果读过书,而且读到博士的算是知识分子,那么,马钱算是知识分子。

知识分子是什么意思? 在这个网络时代,你百度一下很容易找到解释:"国外的主流看法是,知识分子是受过专门训练,掌握专门知识,以知识为谋生手段,以脑力劳动为职业,具有强烈的社会责任感的群体,是国外通称'中产阶级'的主体。 目前,国内学术界一般认为,知识分子是具有较高文化水平的,主要以创造、积累、传播、管理及应用科学文化知识为职业的脑力劳动者,分布在科学研究、教育、工程技术、文化艺术、医疗卫生等领域,是国内通称'中等收入阶层'的主体。 知识分子作为一个政治性的概念和一个相对独立的社会阶层将长期存在，最终将随着生产力的高度发展以及工农之间、城乡之间、脑力劳动与体力劳动之间差别的消失而消失。"

按照以上定义，马钱也完全符合知识分子的标准。他博士毕业，历史专业，博士论文研究的是丝绸之路的变迁。目前，马钱在社科院做副研究员，再过几年，估计就是研究员了。这个要看他的运气。在你的想象中，马钱应该很瘦，戴着眼镜，整天埋头书斋，跟古文打交道，斯斯文文，像一根洗干净的萝卜，有一双白嫩柔软的手。传统的知识分子，在我们的想象中就是这样的，但马钱不是这样。如果你在街上碰到马钱，十有八九，你会觉得他是杀猪的。他有一颗硕大的脑袋，满脸横肉，一双三角眼凌厉地露出凶光。就因为他的长相，考博士那会儿，导师一看到他就打了个冷战。读博期间，导师跟马钱说话都不敢正眼看他。三年一过，导师赶紧让马钱走人。

在社科院，马钱算是一个异类。他喜欢喝酒、吹牛、看武打片，最喜欢的影星是周星驰。他还打篮球，有个外号叫"大鲨鱼"。马钱能进社科院，靠的是他发的论文。读博期间，马钱在各种学术期刊发表的论文多得惊人，达十三篇，好几篇还是发表在核心

雁鸣关

期刊上的。 在历史学界,他宛如一颗冉冉升起的新星。 有位没见过马钱的史学泰斗甚至说,马钱是史学界难得一见的奇才,其视野之开阔,研究方法之新颖,论证之翔实让人惊叹不已。 对这些评价,马钱没放心上。 马钱不爱做学术,对他来说,做学术只是他谋生的手段而已。 如果会干别的,打死他他也不会去做学术。

马钱在历史所,但历史所没人跟他玩,他也不喜欢他们。 他觉得他那些同事一点乐趣都没有,整天跟抓虱子一样钻研古文,研究的又是一些鸡毛蒜皮的屠龙之术。 平时,他跟文学所的玩,跟他关系最好的是研究当代诗歌的周一民。 马钱喜欢周一民。 周一民平时也写诗,主要搞诗歌评论。 因为这个原因,周一民认识了很多诗人。 你别看诗歌不怎么受人待见,但诗人还挺多,找周一民写文章的一拨接一拨。 马钱问过周一民,你写了那么多诗歌评论,挣了不少钱吧? 周一民说,狗屁,诗歌评论都是友情赞助,你见过哪个写诗歌评论挣了钱的? 马钱说,我看你名声挺大的,一出去跟月亮似的,一帮小星星围着你转。 周一民笑了起来说,这个你还不明白? 马钱也笑了,摸了摸硕大的脑袋说,明白!

广州美人

只要有空，马钱就跟着周一民出去和诗人喝酒。他出车费，跟着周一民混酒，也混女诗人。这一混，十多年就过去了，马钱也从小马混成了老马。他并不为此感到悲伤，有什么好悲伤的，谁过的不是这种重复乏味的日子？私底下，马钱认为女诗人是这个星球上最神奇的生物，也是最后的奇迹。只有女诗人会跟你坐在马路牙子上喝酒，唱《国际歌》；只有女诗人会摇身一变，变成了导演、歌手、演员、作家，甚至是情感专栏的主持人、律师、证券分析师、物理学家；只有女诗人在你绝望了的时候，突然敲响你的门，把你家的酒喝光。

马钱的妻子钱小红作为曾经的女诗人，已经不写诗了，她成功转型为记者，整天关心国家大事。由于曾经的诗人经历，钱小红不爱管马钱的事儿，她觉得男人是管不住的。马钱在诗歌圈子里挺受欢迎，他长相粗糙，却是个博士，做学术，又是个酒鬼，这让诗人们很有好感，觉得他有真性情。因为这些原因，即使周一民偶尔不在，他也能在诗歌圈里把自己搞得舒舒服服的。

喝酒归喝酒，玩归玩，马钱的专业却没有丢掉，他每年发表三到四篇论文，不算多，也不算少，在单位混日子是足够了。所里经常做课题，一做课题，马钱就认真了，其他的就得消停消停。学术单位就靠这个挣点外快了，马钱不傻，更不会跟钱过不去。在这方面，周一民挺佩服马钱。马钱就笑，这有啥，不就是钱的问题嘛，你少挣点，想着点领导不就完了？马钱说得直白，周一民就摇头，老马，我发现你狗日的其实挺不要脸的。

马钱和周一民一起玩了这么多年，大家都觉得挺好的。没什么不好，谁都需要朋友，需要找个人说说话，聊聊天，即使不聊天，就喝喝酒也挺好。周一民知道马钱是北方人，研究历史的，他一般不跟马钱谈历史，这个没法谈，所谓术业有专攻。马钱经常取笑周一民，说诗歌评论就是胡说八道，读几本哲学、社会学的书就可以出来混江湖了。周一民不服气，他说，你研究历史不也就是那么回事儿？马钱说，那不一样，我研究历史得实事求是，不能信口开河，你再怎么研究，你也不能把李世民研究成宋朝的。周一民说，我又不是没看过你的文章，整个就是胡说八道嘛。马钱说，就算是胡说八道，我也跟你不一样，我是大胆假设，小心求证；你是无须假设，无须求证，你爱怎么说怎么说。周一民说，那你比我高级了？马钱说，这不是高级不高级的问题，分工不同，游戏规则不一样。周一民想了想说，也是。

马钱基本上算是一个简单的人，没什么复杂的想法，有个老婆，有份看起来不错的工作，有空还能喝喝小酒，也就满足了。他没什么知识分子的臭毛病，不挑剔，不讲究。如果你去过马钱家，肯定会以为自己去了垃圾场，书堆得到处都是，书桌上除了电脑周边一带还算干净，其他地方铺满了灰尘。如果你再去厨房看看，不出意外的话，会看到几个泡在水池里的碗，灶台上不时有蟑螂出没。作为家庭主妇的钱小红，一直不肯生孩子，她有比马钱更粗大的神经。

那天晚上，马钱回家，钱小红在上网。听见马钱回来，钱小红回头看了马钱一眼，回来了？马钱踢掉皮鞋说，回来了。马钱的脸是红紫色的，似乎有点闷闷不乐。钱小红放下鼠标，走过来看了看马钱说，喝多了？马钱说，没呢，没多。钱小红伸手摸了一下马钱的脸说，干吗黑着个脸？马钱把钱小红的手拿开说，没事。钱小红笑了起来说，真没事儿？马钱说，你他妈的有完没完？钱小红看了眼电脑说，你真没事，我偷菜了，你耽误我正事了。马钱不耐烦地说，去吧，去吧。

洗完澡，马钱坐在沙发上发呆，一根接一根地抽

雁鸣关

烟,满屋子烟雾腾腾。钱小红从书房走出来说,马钱,你想干吗,杀人啊? 马钱抬头看了钱小红一眼,拍了拍沙发旁边的空位子说,你过来一下。 钱小红靠着马钱坐下,把手靠近鼻子摇了摇说,烟雾腾腾的。又看了马钱一眼说,老马,你今天有点不对劲啊,这么晚了还发什么呆? 马钱把手里的烟掐灭了,看着钱小红,突然冒出一句,你知道雁鸣关吧? 钱小红摇了摇头。 马钱往沙发上一靠说,你还前诗人呢,还记者呢,连雁鸣关都不知道。 钱小红不高兴了,说,我不知道怎么了,我干吗非得知道什么破雁鸣关啊? 马钱把钱小红的手拉过来,叹了口气,说,其实你见过雁鸣关的。 钱小红愣了一下,马上说,你别扯,我没去过,我什么时候见过雁鸣关了? 我都不知道这关在哪儿! 马钱又说,今天晚上周一民笑话我了。钱小红笑了起来,你就为这个生气? 他凭什么笑话你呀?! 没去过雁鸣关丢人啊? 没去过的人多了去了。 马钱摇了摇头,说,他还真有理由笑话我! 钱小红睁大了眼睛。 马钱说,你还记得你去我家那次吧? 钱小红说,记得,怎么不记得,结婚那年去的。 马钱说,你还记得第二天早上起床,你问我的问题吧? 钱小红摇了摇头,这么多年了,真不记得了。 马钱说,你指着窗外问我,那是什么东西? 钱小红想了想说,我有点印象了,好像是有个什么东西,看不大清楚。 马钱说,那就是雁鸣关。 钱小红说,不会吧? 马钱说,怎么不会,那就是雁鸣关。

关于雁鸣关,马钱是熟悉的,简直熟悉过他的脚趾头。 在老家,只要他一推开窗子,就可以看到雁鸣关。 后来,马钱读历史,历史书里一次次地写到雁鸣关。 雁鸣关修建于汉朝,为西北交通要塞,丝绸之路必经之地。 从小,马钱就听过关于雁鸣关的太多故事。 他研究丝绸之路,博士论文里一次次地提到雁鸣关。 他还知道,雁鸣关之所以叫雁鸣关,传说是因为大雁飞过那里,往往发出哀鸣。 一过雁鸣关,就是所谓的塞外了。 他写过那么多次雁鸣关,却从来没有去过,这有些滑稽。

第二天早上刷过牙,洗过脸,马钱一边喝牛奶一边问钱小红,你去过黄鹤楼没? 钱小红说,去过,小学时春游就去过。 马钱"哦"了一声。 钱小红给马钱递了一块面包说,还想着雁鸣关那事儿? 马钱点了点头说,嗯,我突然觉得有点荒谬。 你想,我研究历史,还研究丝绸之路,我对雁鸣关得多熟悉啊! 雁鸣关就在我家边上,我却没有去过,你说这做的什么学问,还

雁鸣关

研究，太操蛋了。钱小红笑了起来说，老马，你不是吧，就这么个事儿搞得你这么感慨？马钱咬了一口面包说，也不仅仅因为这个。你想吧，研究这个，熟悉这个，还离得那么近，我却没去过。你说，我这研究是不是有点扯淡？而且，我突然觉得世界挺荒谬，而且疯狂。钱小红喝了口牛奶说，说说看。马钱说，多少人千里迢迢去找雁鸣关，他们去了，到达了，但我没有。这就好比你天天从天安门经过，天天从故宫经过，但从来没进去过。太荒谬了。钱小红说，也没什么，这大概就是所谓近在咫尺，而不可抵达吧！马钱愣了一下，也笑了起来说，你还真是个诗人。钱小红说，我本来就是个诗人。

　　马钱一上班就给周一民打了个电话，问周一民在不在文学所。周一民打了个哈欠说，没呢，还没起来。马钱骂了句娘，又说，都几点了，还没起来，赶紧起来，我在文学所等你。周一民电话里的声音懒洋洋的，干吗？大清早的，有事儿？马钱说，也没什么事儿，就是找你聊聊。周一民说，那下午吧，昨晚上你走了，我还战斗了几个小时，三点才睡的呢。马钱说，你赶紧起来，我有话跟你说。周一民有些不耐烦了，说，什么事儿，下午不行啊？马钱说，不行，我等不及。周一民说，那行吧，你等等。说完就挂了电话。

在周一民办公室，马钱给自己倒了杯水，又跟周围的人聊了会儿天。周一民的同事马钱都认识，他去文学所比去历史所去得勤。有人跟马钱开玩笑说，马钱，要不你干脆来我们文学所吧！马钱就笑，我来你们要不？要的话我就来！说话的人也笑了，我们想要不敢要，历史所的人我们惹不起，整个社科院谁敢挖历史所的墙脚啊！马钱跟着一起笑。

等了个把小时，周一民来了。见到周一民，马钱从座位上站起来，跟周围的人打了个招呼，拉着周一民往外走，周一民甩开马钱的手说，你干吗？你约我来，现在又走？马钱压低声音说，我们出去谈。周一民一边往外走一边说，你搞什么嘛，神神道道的。

找了个茶座坐下，点了根烟，马钱说，老周，我想了想你昨天说的话，觉得你说得有道理。周一民笑了起来，我昨天说什么了？我都不记得了。马钱说，你不是准备去西北采风吗？周一民说，嗯，是有这么个事儿，这关你什么事儿？马钱说，不关我事儿，本来是不关我事儿的。周一民说，那后来关你事儿了？马钱说，其实后来也不关我事儿。周一民看了马钱一眼

雁鸣关

说,老马,你没事吧? 马钱说,有事儿。 周一民急了,说,老马,今天不像你啊,你有什么事儿你说啊! 马钱说,你昨天不是问了雁鸣关吗? 周一民皱了一下眉头,想了想说,就因为我昨天笑话了你,你一早想着来报仇啊! 马钱说,我不是报仇,我有什么仇好报的,我得感谢你,你提醒我了。 周一民说,你不好意思了? 马钱说,岂止,我觉得简直没脸见人了。 周一民往椅子上靠了靠说,老马,其实也没你说得那么夸张。 多大个事儿,这种事儿多了去了。 马钱说,反正我老觉得不对劲。 周一民说,老马,平时我觉得你挺粗枝大叶的,这会儿怎么这么细腻了? 马钱说,我也不知道,大概是快犯病了。 周一民笑了起来说,那你别吓我,要犯病你也别当我面儿。 说完,周一民给马钱加了点茶说,老马,像你这种情况,其实挺正常的。这东西就像老婆一样,别人看你老婆挺美的,觉得你一个礼拜怎么着也得亲热几回,是吧? 可你老婆天天在你边上,你觉得你天天都能亲热,分分钟都能,反而可能几个月也不亲热一下。 人嘛,都这样。 听完周一民的话,马钱笑了起来,老周,你这嘴真贱。 周一民瞪了马钱一眼,你说是不是这个道理嘛? 马钱挠了挠脑袋说,好像也是。 周一民说,本来就是,所以你也别

11

较真。我就那么一说，你就那么一听，不都是喝酒说的吗？马钱想了想说，我还是得回去看看。周一民说，你想回就回呗！

马钱在老家已经没什么亲人了。他爹是三代单传的独子，到他是第四代，他妈生了他，他爹本来还想再要几个，但他妈的肚子就是大不了。他爹说，这大概是命，老马家代代只能是个独子。冲着这个，他爹发了狠供他读书，读了本科读硕士，读了硕士读博士。马钱博士读完，没书可读了。博士毕业那年，马钱回了趟老家，他爹带着他去了坟山，给老祖宗烧了两筐纸钱。烧完纸钱，他爹看着马钱说，老马家总算出了个人才，只是，还不晓得老马家的香火能延到几时。马钱知道他爹的意思，马钱一直顾着读书，连女朋友都没一个。就算结婚了，也只能生一个孩子，谁知道这孩子是男是女。马钱对他爹说，爹，回头我给你找个儿媳妇回来。他爹说，你还得给我生个孙子。马钱说，好，给你生个大胖孙子。他爹笑了起来说，这事儿你说了不算。

和钱小红结婚，马钱自己都没想到，他没想到他会找个女诗人做老婆。钱小红跟马钱结婚的唯一条件是不生孩子，钱小红说，我不要你的钱，也不要房子车

雁鸣关

子,但你得答应我,我不生孩子。你要是想要孩子,你另找,我不耽误你。马钱想了想,咬了咬牙说,不生就不生,结,一定得结。其实,那会儿马钱心里还有一丝侥幸,他想,先把婚结了,孩子的事儿慢慢来。和钱小红结婚后,他们一起回了趟老家。三年后,他爹死了,他回去了一次。再次回去是半年后,他妈也死了。爹妈都死后,马钱就再没回过家。爹妈都不在了,也没什么亲戚朋友,回去也没啥意思,他慢慢就把老家给忘了。

要不是周一民,他可能想不起老家来。但偏偏,周一民问起了雁鸣关,还在那儿大谈特谈,从雁鸣关的历史一直谈到雁鸣关在他们家门口。然后,周一民说,你去过雁鸣关吧?马钱说,没,就远远看过。周一民愣了一下,不会吧?你研究丝绸之路你没去过?还在你家边上?我真鄙视你,彻底地鄙视你。这一鄙视,就把马钱心里尘封的一些东西激活了,好些事情就想起来了。他记得他小时候,也问过他爹,那是啥?他爹说,那?雁鸣关呢!马钱说,雁鸣关是啥东西?他爹说,啥东西说不清楚,反正好久好久前就有了。他问他爹,你去过没?他爹说,去哪儿,雁鸣关?没去过,去那儿干啥,一堆土疙瘩有啥好看的。马钱

13

广州美人

说，你没去过你怎么知道是一堆土疙瘩？他爹说，老人家都是这么说的。马钱后来问过村里很多人，你去过雁鸣关没？都说没去过，没啥好看的，就一堆土疙瘩。

后来，马钱研究丝绸之路，时不时看到雁鸣关。开始，他没在意，中国那么大，同名的地方多了去了。再后来，他确认，他家门口的那个雁鸣关就是书里记载的那个。他想，他应该去一下。有了这个想法，再回到家，他指着雁鸣关对他爹说，你知道吗？雁鸣关出名得很。明朝之前，雁鸣关到处都是人，波斯人、印度人都在那儿做生意。骆驼、马匹驮着丝绸、瓷器一路西去。他爹看了他一眼说，你瞎扯吧？马钱正色说，哪里是瞎扯，我读博士就是研究这个的。他爹眼睛瞪得像个灯泡，你读博士就研究这个，研究雁鸣关？马钱说，也不是研究雁鸣关，我研究丝绸之路，雁鸣关是其中一部分。怎么说呢，丝绸之路很长，雁鸣关就像其中一个站，还是挺重要的一个站。他爹脸色不太好看。马钱看了他爹一眼说，爹，怎么了？他爹说，你读博士就搞这个东西，那你读博士干吗呢？马钱说，博士怎么就不能搞这个了？他爹说，你在家里说就算了，你莫说出去，说出去丢

雁鸣关

人。要是人家晓得你读博士就是研究雁鸣关,就研究村子边上那堆土疙瘩,我跟你妈脸都没地方放。马钱说,爹,你不懂,这个是学术研究。他爹说,你研究什么我不管,反正你莫说你研究雁鸣关,说出去丢人。马钱摇了摇头说,好了好了,我不说。说完,又说,改天我想去雁鸣关看看。他爹只吐出两个字,不准!

和钱小红结婚回家那次,马钱还是想去看看,但看着他爹妈那两张喜气洋洋的脸,他想,还是算了,下次吧,反正有的是机会。马钱自己都没想到,他再回家是参加他爹妈的葬礼。那两次,他哭得肠子都痛了,雁鸣关想都没想到。父母死后,他再没回过家,研究方向也从丝绸之路转移了,雁鸣关离他越来越远,远得仿佛看不见了。

回到家,马钱跟钱小红说,我得回趟家。钱小红说,你回家干吗,有事儿?马钱说,也没什么事儿,就是回家看看。钱小红撇了一下嘴说,有啥好看的?除了黄土疙瘩,还是黄土疙瘩。再说,你家里都没人了!马钱说,没人怎么了,没人我就不能回家了?我在那儿生在那儿长,我回趟家怎么了?!钱小红说,你干吗呀?你跟我急什么呀?我不就这么一说嘛!

广州美人

马钱没吭声，点了根烟，抽得烟雾腾腾。钱小红走过去，拉了一下马钱的手，马钱甩开了。钱小红又一把拉住，握在手里说，老马，你怎么了？马钱头低着，眼睛红红的。钱小红抱住马钱说，你想回就回吧。说完，又补了一句，要不要我跟你一起去，给爹妈上个香？

马钱和钱小红拖着一个大旅行箱，锁好门，把钥匙从钥匙孔里抽出来。他们拦住一辆的士说，去机场。马钱握着钱小红的手说，我有多少年没回去了，有六七年了吧？钱小红扳着指头算了算说，应该有了。从飞机上下来，马钱觉得呼吸有些困难，他很多年没有呼吸过这里的空气了。机场像一只巨大的鸟，有着钢筋的骨骼，马钱觉得全世界的机场都是一样的。把行李箱拖进酒店，拉开窗帘，钱小红说，上次到这儿还是我们结婚的时候呢，明天我们再坐一天车就到家了。

马钱回到村里已经是晚上十点了，满天的星星，一颗又一颗，又大又亮。村里很安静，有些人家的灯还亮着。马钱走到自己家门口，里面黑乎乎的，什么都看不见。他能想象，里面已经破败不堪了，住满老鼠和虫子，堂屋应该长满了草。钱小红把马钱的手拉得紧紧的，说，老马，我们晚上住哪儿？马钱没说话。钱小红拖着行李箱，脚尖一下一下地踢着大大小小的土

雁鸣关

疙瘩。

在门口站了一会儿,有人过来了,看了看马钱说,谁呢？ 马钱说,我,马钱！ 来人愣了一下,马钱,哪个马钱？ 马钱说,老马家的。 人走近看了看,叫了起来,你是老马家那儿子？ 你怎么回来了？ 马钱说,回来看看。 人看了看马钱,又看了看马钱家的老房子说,你家没人了。 马钱说,我知道。 人说,你们俩跟我回去吧,你家这房子,没人住,过几年怕是要倒了。 马钱说,那麻烦您老了。

马钱回来了,老马家那博士儿子回来了。 消息很快传遍了村子,村里还醒着的人都跑过来看马钱,给马钱点烟,说,马钱,你怎么回来了？ 马钱说,回来看看。 回来看看打个电话嘛。 马钱低着头。 马钱,你还回来干吗？ 你家里没人了。 马钱声音越来越低,回来看看。 马钱回来看看是对的,不管他人去哪儿了根还在这儿嘛,还是我们村的人嘛！ 马钱,你这次回来是给你爹妈上坟,还是干吗？ 你是该回来了,你爹妈坟头草长得把碑石都盖住了。 哪个说的？ 那年清明我不是就把老马家坟头草给铲了？ 马钱,不信你明天去看。 马钱,这是你媳妇儿？ 要是在外头看见,都不认得了。 咦,你们孩儿呢？ 好不容易回来一次,咋不把

17

广州美人

孩儿带回来给你爹妈磕个头？你们说这个干吗呢，啊，马钱刚回来，莫说这个，莫说这个。马钱，你发财了吧？我们村开天辟地就你一个博士。你们晓得啥是博士吧？那是读书读到天顶上了，要在过去，那就是状元，你晓得吧？马钱，你媳妇是不是也是博士？我看你媳妇比你秀气嘛！明天到我屋里吃饭，我去镇上割两斤肉。马钱，你干吗？你这是干吗？你咋哭起来了呢？你个大男人哭啥呢？马钱想他爹了。唉，要说老马，也真是的，好不容易儿子出息了，人又不在了，没享到福。你莫说了，说啥呢！马钱，回来就好，回来就好了，哭啥，哭啥呢。马钱，莫哭，莫哭，你媳妇都看着呢，丑！好了好了，马钱，莫哭了，莫哭了……

早上起来，门口围了一大圈人。马钱带着钱小红去给他爹妈烧香，村里人带着铲子，锄头跟在后面。到了他爹妈坟上，马钱跟钱小红跪下来，磕了三个头，烧了些纸钱。他爹妈坟头和周边的草并不高，碑石还看得清楚，应该是有人锄过的。上完坟，村里人请马钱喝酒，喝完东家喝西家，都说马钱出息了。马钱不哭了。他也不知道，昨天晚上他怎么就哭了，当着那么多人的面，哭得鼻涕一把眼泪一把的。

雁鸣关

晚上和钱小红躺在床上，马钱说，我这是怎么了？钱小红靠在马钱怀里说，触景生情，没什么的，我没笑你。马钱说，我也不知道为什么，就是心里难过。钱小红说，换了我，我也难过。马钱说，回来之前，我不是这么想的。我爹妈走了这么多年，我也习惯了。本来我回来是想看看雁鸣关的。钱小红说，我知道，你不就是因为这个回来的嘛！马钱点了点头说，忙了一天，都忘记这事儿了。你看到雁鸣关没？钱小红摇了摇头说，没注意，都跟着你了。马钱揉了揉太阳穴说，喝了一天的酒，涨得很，你帮我揉揉。钱小红坐在马钱背后，一边帮马钱揉太阳穴一边说，马钱，明天去雁鸣关？马钱说，过两天再说，才上完坟，明天就去雁鸣关好像不合适，明天留心一下。钱小红说，也是，我也觉得不合适。

天一亮，马钱和钱小红就起来了。马钱站在门口，向远处望了望，一望无际的田野，除了庄稼什么都没看见。马钱想，可能位置不对吧。吃过早餐，马钱跟钱小红去了他家老屋，老屋跟他想象的一样，长满了草。他站在门口向远处望去，还是没看到雁鸣关。马钱看了看钱小红说，你还记得我家是从哪儿能看到雁鸣关不？钱小红说，我不记得，你在这儿生活了那么多年，你不知道啊？马钱朝远处看了看说，应该是这个方向，奇怪，怎么看不见了。钱小红说，可能你记错了吧。围着房子转了一圈，马钱还是没看到雁鸣关，他低着头说，奇怪了。

晚上吃饭时，马钱问了句，叔，雁鸣关怎么不见了？人看了马钱一眼说，你还记得雁鸣关？马钱说，怎么不记得，从小看着雁鸣关长大的。人说，没了。马钱心里"咚"地响了一声，怎么没了？人说，前几年，有人说雁鸣关是古代的一个关口，叫啥路的。马钱赶紧补充说，丝绸之路。人说，对，就是说雁鸣关是丝绸之路上的一个关口，说是那地底下都埋着宝贝。四面八方的人抢着去挖，挖了几个月，垮了。马钱急了，说，这么挖没人管？人说，谁管啊，一堆破土疙瘩，挖了几个月，啥都没挖到，垮的那天埋了几个人在下面，死了。马钱问，那后来呢？人说，啥后来，垮了就垮了呗，看不着了。日晒雨淋的，估计都冲得差不多了。马钱的脸变得寡白。人看着马钱说，你问这个干吗？马钱说，没啥，想去看看。人说，没啥好看的，就剩一堆土疙瘩。上面原来还有点石头，都给人抬回去做屋基了。

第二天一大早，马钱和钱小红就出发了，他决定无

雁鸣关

论如何一定要去一次雁鸣关,哪怕雁鸣关真的只剩下一堆土疙瘩。路上不时有人跟马钱打招呼,马钱,去哪儿呢?马钱说,去雁鸣关。人说,雁鸣关?垮啦,啥都没了。马钱说,我就去看看。走了几步,又有人问,马钱,去哪儿呢?马钱说,去雁鸣关。人说,你去那儿干吗?马钱说,去看看。人说,那个破地方,有啥好看的。马钱就笑笑。又走了几步,有人问,马钱,这么早去干吗呢?马钱说,去雁鸣关。人皱了一下眉头,好远呢,要走几个小时,没得车去。马钱说,没事,慢慢走走。人说,回来到我家喝酒哈。马钱说,好!

雁鸣关散落成一坨坨,东一坨,西一坨。钱小红站在土丘上,指着西边说,那儿算不算塞外?马钱说,应该是。钱小红问,丝绸之路就从这儿经过?马钱说,嗯。钱小红说,想不出来,真想不出来。马钱说,我也想不出来。钱小红说,马钱,你是不是特难过?马钱摇了摇头说,其实也不难过,就是觉得有点荒谬。钱小红说,马钱,你有没有感到那种历史的沧桑感?马钱说,没有,其实我不爱研究历史。马钱指着四周的庄稼说,你看到处都是麦子,哪里还有历史。钱小红说,也是。马钱坐在一坨狗屎上说,有时候,

广州美人

我真觉得你像个巫婆。你记得吧,你说过,近在咫尺,而不可抵达。说完,马钱向村子的方向望了望说,小时候,我觉得雁鸣关可真远啊,可望而不可即,其实,也就两三个小时的路程。我这一辈子,过得像什么呢?就像现在的雁鸣关。

回到家,马钱给周一民打了个电话。马钱说,我回家了,去了雁鸣关。周一民说,去了?去了好,你也了了一块心病。马钱说,雁鸣关没了。周一民愣了一下,怎么没了?马钱说,垮了。周一民说,垮了?马钱说,垮了,一块块的,就像一坨坨狗屎。周一民笑了起来说,你这说的什么话。马钱想了想说,老周,我不想搞历史了,没意思。周一民说,那你想干吗?马钱说,暂时不知道,或者和你一样去搞诗歌评论吧!周一民说,那好,那我们就真正同行了。放下电话,马钱对钱小红说,我们是不是该生个孩子了?

亡灵之叹

「 亡灵之叹 」

通常,我不太愿意去评论海城,海城就是那个样子。 街道总是狭窄的,路边无一例外地种着细叶榕。公共汽车要半个小时才有一班,运气不好,一个小时一班也很正常。 一到晚上,大排档一字儿排开,一眼望不到头。 烧烤浓烈的麻辣味儿,一阵阵随风飘荡,跟着一起飘过来的还有秋刀鱼和生蚝的腥味儿。 无论是夏天还是冬天,我们都坐在马路边上喝啤酒。 区别仅仅在于,夏天我们都光着膀子,冬天则穿着厚重的大衣。 一般有这么几个人,马钱、丁武、老谭和我。

马钱老了。 在我看来,他离死已经不远了。 他很瘦,头顶上的毛已经不多了,脸上刀刻一般见不到肉,胡子非常稀疏,已经没有刮的必要了。 马钱是我们几个中最老的，到底有多老，我不知道，丁武和老谭也不知道。 我是怎么认识马钱的，早就不记得了。 据我目测，马钱至少比我大二十岁，我跟他没什么共同语言。 我们有什么好说的呢？ 他已经到了喝茶的年龄，而我还迷恋KTV。 丁武比我稍稍大一点，老谭介于丁武和马钱之间。 我们都喜欢跟马钱一起玩，他是南方人，喝酒却很有北方人的风格。 丁武、老谭和我，都是所谓的新海城人，但马钱却在海城待了一辈子了。

接下来，我要说说海城。 海城是一个沿海的小城市，人口有两百多万。 就在三十年前，海城还什么都不是，谁知道中国地图上还有这么个城市？ 后来不一样了，海城发达了，靠着解放前逃难到东南亚、美洲、欧洲，甚至非洲的先人，海城成了著名的侨乡。 海城人靠在国外开餐馆、卖苦力，或者做点小生意慢慢发财了。 改革开放后，他们的后人带着一捆捆的美金回到海城投资办厂，或者把国外的生意做到了海城。 短短十几年，海城就变成了一个巨大的工厂，全国各地农村的年轻人带着梦想来到这里，他们以为可以挣到钱，讨个城里老婆。 十几年后，他们带着衰老而不中用的身体，与同样是外地乡下来的老婆回到了村里。 在那

亡灵之叹

儿，他们盖好了房子，存折里的钱勉强可以供他们度过残年——这算是好的。倒霉的，我就不说了，你知道的。现在在海城的，是他们的后辈，儿子、侄子、女儿什么的。

海城变了样子，到处可以看到灰褐色的厂房和多得像闹灾的蝗虫一样黑压压飞过来的摩托车。马钱说，以前的海城不是这样的。他还小时，海城号称"水乡"，河涌密布，从海城去省城要一天一夜。现在，你坐大巴，只要一个半小时。坐轻轨的话，半个小时就到了。马钱说，我都不认得海城了。可我们认识，我们熟悉这个城市，它和我们密切相连，我们的青春和热血都洒在这儿了。

丁武大学毕业，第一站就在海城。在外企干了三年，丁武不干了。转年，他考上了公务员，过上了让我们羡慕不已的好日子。老谭开了一个小厂，做各种叫不出名堂的小玩具，也算在海城站稳了脚跟。老谭跟海城的三教九流都很熟，从市长到摆地摊的小贩，到处都是他认识的人。至于我，那就不说了吧，没什么好说的。按说，我们这几个人，应该和马钱没什么交集。但很奇怪，我们成了朋友，而且关系相当不错。几乎每个礼拜，我们都会找一天一起聚聚。要是某个礼拜我们因为什么原因没聚,下次聚时,亲热得就像八百年不见了一样。

每次聚会,都是马钱买单。刚开始,我们还礼貌性地表示一下买单的意愿,但马钱坚决地拒绝了,他一边把钱还给我们,一边说,我来,我来!说完,就掏钱夹子。如果我们还是不好意思,坚持要买单,马钱就会瞪着眼说,你们不要跟我争,你们挣点钱不容易。我们会说,没事儿,没事儿,一次两次还买得起。马钱指着我们说,你们谁比我有钱?谁比我有钱谁买单!我们就不争了,我们几个加起来也不如马钱有钱。这事儿发生了几次,我们就习惯了。每次聚会,到了买单的时候,我们都舒服地靠在椅子上或者沙发上抽烟,一副与我无关的样子。要是有不识趣的服务生走到我们身边,把账单递给我们说,先生,一共消费了多少多少,我们会体贴地指着马钱说,你找那位老板。我们不想买单。我们为什么要买单?当我们表达买单的意愿还要被马钱笑话时,我们为什么还要买单?

马钱到底有多少钱,我们也不知道。我们只看到马钱手上巨大的玉石戒指,脖子上粗得像根狗链子一样的黄金项链,还有脚底下那双值不了二十块钱的拖鞋。我们都去过马钱家里,应该说是其中一个家。据说,

亡灵之叹

马钱有三幢还是四幢别墅,养了四条藏獒。我们去的那个,门口有游泳池,屋后有花园,一共三层,多少间房我们都没数。丁武、老谭和我,心情复杂地跟着马钱进了他家。我们先是喝红酒,然后喝白酒,再然后是啤酒,最终的结果是我们都醉了。

  第二天,丁武打电话给我说,你知道马钱有钱不?我说,知道。丁武说,你知道他那么有钱不?我说,那我不知道。丁武咬了咬牙说,马钱,狗日的太有钱了。我说,你怎么知道?丁武说,今天特意去了酒行,看了看我们昨天喝的红酒。我说,你太无聊了吧。丁武说,你猜,你狗日的猜猜,那酒多少钱一瓶?我说,猜不着。丁武说,两万,你知道吧,两万啦,两万啊,拉菲啊!丁武说完,我也愣了一下,不会吧?丁武说,怎么不会?不信你自己去看。我们喝了几瓶?我想了想说,大概五六瓶吧!丁武牙咯嘣咯嘣响,十二万,老子一年不吃不喝也就那么多钱。老子干一年,就值几瓶酒,就够马钱吃个饭。我操,你说人活着还有个什么意思?!我说,你别那么想,人跟人不一样。丁武急了,怎么不一样了?他马钱比我聪明?比我有能力?我说,那也不是。丁武说,他不就是生在个好家庭吗?你说是不是?我说,你生

广州美人

不着怪谁？古话不是说了嘛，不怕生坏了命，只怕落坏了根。你就认了吧。挂了电话，没一会儿，老谭的电话又来了，劈头就问，你知道我们昨天喝了多少钱吧？我笑了起来，丁武告诉你的吧？

从那次之后，我们吃马钱的吃得心安理得。他那么有钱，不吃他的吃谁的？我们和马钱吃饭，拖着马钱去他不爱去的KTV，去洗桑拿。只要马钱在，海城没有我们不敢去的地方。几年下来，我们究竟花了马钱多少钱，我们是不记得了，也懒得去想，想多了心里难受。

马钱跟我们在一起当然也不是一点目的都没有。至少在我们看来，他也是有目的的。他喜欢谈理想，谈人生，还喜欢写诗。在他那个圈子里，没人和他谈这些，再说也不合适。而丁武、老谭和我，非常凑巧，我们都写诗，喝了点酒，喜欢借酒撒疯，胡言乱语。在别人看来，我们几个是没出息的典型，但马钱不这么看，他说，在这个时代，像你们这么纯粹的人少了。

老实说，马钱的诗写得很烂，烂得让人看不过眼。他的诗歌都是分节的，而且分得异常工整，通篇都是口号，跟诗歌大跃进那会儿差不多。就这些烂诗，要换

亡灵之叹

了别人,我们早就开骂了。 几乎每次聚会,马钱都会从口袋里、包里变戏法似的掏出他的诗来。 他说,你们给我看看,提提意见。 老谭、丁武还有我,一看见马钱掏出诗来,头皮就一阵阵地发麻。 我和丁武都往老谭那儿推,说,让老谭看,老谭是前辈。 老谭只得接过马钱的诗,一行一行地看下去。 看完之后,老谭能说什么呢? 他只能说,老马,写得不错,挺好,挺好,能写就好。 但马钱并不满足,他还会坚持要我和丁武看。 大家都看完了,老谭看看我,我看看丁武,我们都无话可说,但不能不说。 每次,我们都得给马钱找几个相对好点的句子出来,给他讲为什么好,然后说说其他的为什么不好。 我们每次说的话都是相似的,马钱听了不下一百次,但还是很激动,一边点头一边说,太对了,太对了,说到点子上去了。 但他的诗还是一点长进都没有,年纪大了,想要改变很难了。 每次吃完饭,我们都发誓,下次一定不跟马钱吃饭,就算吃饭也不跟他谈诗。 在这方面,我们多少有点优越感,你马钱有钱又怎样,你诗写得不好,就是不好,你再有钱写得还是不好。 可是,不到一个礼拜,我们就把我们的誓言给忘了,要么马钱打电话给我们,要么我们打电话给马钱,我们还是得花上半个小时谈谈马钱的

广州美人

诗，然后，才是吃喝玩乐。

　　破天荒的，有次马钱约我们吃饭，很激动的样子。人一坐下，马钱照例从包里拿出一张纸来，我和丁武给老谭使了个眼色，老谭瞪了我们一眼。就在这时，马钱说，我给你们读一首诗吧。我们三个一下子愣住了。马钱说，不是我写的，我读给你们听听。我们的身体一下子放松了，说，好，读诗好，读诗好。我们想，只要不是马钱写的，他爱读就读去吧，总比看他那些烂诗强。马钱喝了口水，很认真地说，那我开始读了。

　　"从明天起，做一个幸福的人……"马钱读完一行，我们三个就笑了，一个个笑得东倒西歪的。马钱拿着纸的手低了下来，看着我们说，你们干吗？笑什么？笑什么？严肃点，我读诗呢。一听马钱的话，我们笑得更厉害了。马钱看了看老谭，又看了看丁武，接着看了看我，好像我们是一群神经病。老谭捂住肚子说，老马，别读了，《面朝大海，春暖花开》嘛。还读这个，俗了，俗了。哈哈，哈哈！马钱不好意思地捏了一下鼻子说，我第一次读，才看到，蛮好的。我们说，是啊，是啊，蛮好。笑完了，马钱看了看我们说，我还真想有一所房子，面朝大海，春暖花

亡灵之叹

开。老谭说,都想,谁不想?买不起。海边的房子多贵啊,单价没两万,你想都不要想。

酒和菜很快就上来了。马钱若有所思的样子,我们都懒得理他,难得他不拿诗歌骚扰我们,难得一个周末,我们能轻松一点,什么工作啊、应酬啊,都滚一边去。我们几个人喝了几瓶酒,马钱还在那儿看《面朝大海,春暖花开》。老谭看不过去了,跟马钱碰了一下杯说,老马,先别看了,喝酒,喝酒!马钱抬起头看着我们说,你说,我能不能买个房子,就在大海边上,每天一开窗就可以看见海浪?老谭说,能,当然能,只要你有钱,春暖花开都没问题。马钱想了想说,你说得也有道理。说完,笑了起来说,我们喝酒吧。

接下来,我们就把这事儿给忘了。一个礼拜,马钱没给我们打电话。两个礼拜,马钱还是没有给我们打电话。我们都觉得有点不正常,给马钱打了电话。马钱,干吗呢?好久不见了,出来聚聚!电话那头乱糟糟的,马钱说,忙着呢,我忙着呢,有空联系!老谭还不甘心,说,你忙个鸟啊,你一个大闲人,比我们还忙了?马钱说,我买了个房子!挂了电话,老谭吐了口痰恶狠狠地说,狗日的资本家,买房跟他妈买菜

31

似的。

  马钱的钱怎么来的，我们听说过一点。20世纪五六十年代，那会儿，马钱还小。海城还不叫海城，马钱他们村是个小渔村，村里的孩子从小练习游泳，个个在水里跟鱼似的。马钱他爹的水性是全村最好的，憋一口气，能游出五十米远。他爹的好水性，直接决定了马钱的未来。大概是个夜里，马钱他爹跟他妈交代了一下，游到了香港。他爹一个人在香港熬了二十年，等他回来，马钱三十多了，他爹也成了外商。看到马钱，他爹的眼泪一下子就下来了，他妈哭得死去活来。哭完了，天晴了，马钱知道日子从此好过了。马钱他爹在香港还有一个老婆。他爹说，马钱，这二十年，我对不起你们。马钱他爹投资开了两个厂做电器。他爹说，我给你点钱，你去买地吧，这两个厂最后还是你的。马钱听了他爹的话，买了地，就搁在那儿。工厂开了，他爹带着马钱干了几年说，你也上路了，厂子就交给你了。以后，你干得好，干得不好，我的心意也尽了。

  按照马钱的说法，开厂那些年，他过的简直不是人过的日子，天天像条狗一样四处求人，给人赔笑脸，一个礼拜七天有四天是躺着回家的。马钱说，那些年，

亡灵之叹

我整天就惦记着钱了,除了钱,我眼里什么都没有了。马钱的话让老谭很不舒服。老谭说,老马,你他妈别得了便宜还卖乖,要不我俩换换,我去受你那罪,你来过我这日子。马钱说,你真不明白,我有时候挺羡慕你的,闲着没事儿,爱喝点喝点,爱玩玩会儿。我那会儿真不行,整个人就不是自己的。老谭说,行了,行了,你挣到钱了,怎么说都行,我还是穷人一个,你说的我不爱听。

马钱现在算是闲下来了,爱干点什么干点什么。平时,马钱喝喝早茶,锻炼一下身体,写写诗,练一下书法,一天就过去了。我们都不行,我们还得为生活而奔波,日子就像一条鞭子,狠狠地抽在我们身上,让我们不能后退。

等马钱再打电话给我们,已经是一个半月后的事情了。认识马钱那么多年,我们大概是第一次那么久没见。坐在桌子边上的马钱更黑了,也瘦了,眼睛里却闪出光彩来。一坐下,马钱就说,我买了个房子。我们懒洋洋地看着马钱,说实在话,我们心里很不舒服。马钱接着说,在海边,等盖好了,一推窗就能看到大海。酒带着嫉妒流进我们的心里,燃烧着我们。

我们说,马钱,就因为《面朝大海,春暖花开》,

广州美人

你就买了个房子?

马钱说,也不是。他又想了想说,不全是。你们知道吧,我一直有一个梦想:找一片森林,盖一套木房子,就像外国人那样。下了雨,可以去屋后的树林里采蘑菇。

我们说,这日子谁不想啊?

马钱说,其实你们都可以去做。很多时候是你放不下,不愿意去做。

我们说,马钱,你把生活说得太轻松了。你有钱了,你想干吗就干吗,我们不行。

马钱说,没什么不行的,要看你想做什么,你要什么。你们现在是吃不饱,还是穿不暖?你们谁资产没有一百万,你凭着良心举手给我看看?

我们都没举手,虽然我们三个整天叫穷,如果把房子什么的全算上,一百万应该问题不大。马钱的话刺得我们心里有点疼。我们都笑了起来,马钱,你把自己说得像个理想主义者似的,你是吗?你敢说你是吗?我没说我是理想主义者,我什么时候说了?你敢说你的钱都是干净的?我没说。骗谁呀?你还不是剥削工人阶级的血汗,你就是资本家,你知道吧?我他妈什么时候变资本家了?你玩的这些都是资产阶级

亡灵之叹

情调。当然了,你有钱,你可以这么干!谁他妈的不想舒舒服服地过日子,谁他妈愿意像狗一样讨生活?就他妈一个小科长,你知道吧,科长!跟他妈大爷似的,整天在那儿指手画脚,老子还得忍着,老子都成忍者神龟了!我知道,我怎么不知道,我就是这么过来的。我告诉你们,跟你们这些事儿比,我比你们难受多了。我今天老实告诉你们,做生意那会儿,我连我喜欢的姑娘都送人了。你知道吧?你知道那感觉吧?啊,你知道吧!我操,你不知道,你以为钱都他妈白捡啊?

马钱的脸涨红了,根本停不下来。他说,你知道我为什么不干了吧?我受不了,我难受。我太累了,我想停一会儿。马钱一口气说了半个小时,从创业之艰难,一直说到商场之凶险。说完了,马钱趴在桌子上哭了起来。马钱一哭,我们都慌了,他那么大年纪的人了,还哭,让人受不了。我们拍着马钱的肩膀说,老马,没事儿,都过去了,做生意嘛,人在江湖身不由己。别哭了,喝酒,来来来,我们喝酒。

喝酒那会儿,老谭看了看我和丁武,都有些惊讶。在那之前,我们从来不知道马钱那么多事儿,我们一直以为他过得挺好的,应该满足了。看来,并不是我们想的那样。我们是不是有义务让马钱解脱出来？让他不要那么内疚？我们觉得非常有必要。

我们跟马钱说，马钱，你如果真觉得内疚，想过一种只追求精神生活的日子，那你干吗盖那么大房子？你就应该盖一个小房子，周围种点野花什么的。每天早上起来看看日出，傍晚看看晚霞，有空读点书。要是还有钱，就做点善事儿。你都知道，盖茨说了，等他死了，他的钱全部捐给社会，一分钱也不留给子女。那才是真正的回报社会，才算是把手上的罪给洗干净了。马钱说，照你们的意思，我得把房子给拆了？丁武赶紧说，盖了就别拆了，可惜了。马钱转过头看着老谭，老谭敲着桌子说，要纯粹就得拆了，坚决拆！马钱又看了我一眼，我连忙说，拆不拆都无所谓吧，有心就行了。马钱半天没说话，过了一会儿，马钱吐出三个字，我想想。

那天晚上，我们没去KTV。送走马钱，我踢了老谭一脚，说，老谭，你也太狠了吧？人家都盖得七七八八了，你让人家把房子给拆了。老谭说，这不是吹牛嘛，不是喝酒嘛，我就这么一说，你就这么一听不就完了，你还当真了？你还真以为马钱要去当慈善家了？我说，反正我觉得挺不合适的，万一他真拆了怎

亡灵之叹

么办？ 老谭笑了起来，你以为他傻啊？ 他不过是想跟我们抒抒情罢了，显示一下他那资产阶级良心。 丁武插了句，要是真拆了呢？ 老谭说，我把他拆的砖瓦石灰吃下去！

接下来几个月，马钱盖他的房子，我们几个该干吗干吗。 那段日子，我们偶尔在一起，都挺想念马钱的。 我们都觉得，有马钱还是比没有马钱好。 和我们在一起，马钱多半时间笑眯眯地看着我们，听我们高谈阔论。 没了马钱，就像少了听众一样，我们的聚会也有些无趣了。 夏天已经到了，街上人越来越多。 一群群的鸽子飞过灰蓝色的天空。 在天空中，只有它们是纯洁的。 它们从一个屋顶飞到另一个屋顶，有时也飞进树林，盘旋又飞走，接着就消失了。

做生意的，好多人都干过缺德事儿！ 马钱开厂那会儿也是。 不过跟现在那些黑老板比起来，马钱算是善良之辈。 他不过是坑过一些不谙世事的青年，让他们满怀希望进厂，干了三五个月，试用期完了再把他们扫地出门，任由他们露宿街头。 他处过几个利欲熏心的姑娘，那些姑娘几乎都来自乡下，十八九岁的年龄。她们都以为马钱会给她们一个交代。 马钱不会记得她们的名字，即使记得，也只是其中一两个。 其他的就

广州美人

像一张曝光过度的底片,什么都看不到了。马钱真算不上干过坏事儿,他干过什么？他不逃税,每年安置残疾人,和官员们打成一片,是海城曾经的十佳青年企业家、捐资助学先进个人。他积了大德了。

马钱觉得他干了坏事儿,但在我们几个看来,马钱不坏,就算坏,也还没坏透。这样的人,我们觉得是最苦的。一个尚有良心的人,干着不得不昧良心的活儿。丁武、老谭和我,对马钱说的那些一点儿兴趣都没有。都他妈出来混社会十几年了,谁没遇到点事儿,谁没一肚子苦水？我们只是不说罢了。马钱的话,经常引出我们不愉快的回忆来,我们不乐意听。老谭让马钱把房子给拆了,把钱给捐了,说白了,也是看不过眼。一个资产阶级分子,跟我们讨论良心,这太荒谬了。老谭跟我打赌,马钱绝对不会把建好的房子给拆了,他舍不得,钱再多,都是挣的。丁武说,也说不准,人年纪大了,谁知道他会干吗！

等马钱回来,夏天已经快过去了,他要带我们去看他的房子。车子一直在开,开了差不多一个小时。老谭一路笑马钱。他说,老马,你那别墅建得怎样？花了不少钱吧？马钱说,别急,到了你就知道。就不再闲扯了。我们很快到了海边,很快看到了马钱的房子，他确实把原来快建好的房子给拆了。 看了马钱的房子，我们一点也不为拆掉的房子可惜，相反，我们都爱上了马钱的新房子。 那种房子，我们只在画册或者电视里看到过，通常是在欧洲的风景画或风光片里才有。 你知道阿尔卑斯山吗？ 你喜欢瑞士山林里的那些房子吗？ 马钱的房子差不多就是那样的，只是稍微大一点。 但他的房子前面有一片海，海边的山林里他请人种上了大片大片的杜鹃，还有其他叫不出名字的野花。 一看到马钱的架势，我们大脑都有点缺氧，觉得钱这个东西实在太好了。 只要你有钱，你想要什么都可以造出来。

马钱的客厅里挂着一幅字，费了老大的劲儿，我们认出来了——"我们走得太快，灵魂都跟不上了"。 看完这幅字，老谭看看丁武，丁武看看我，我们什么都不想说，没什么好说的。 那是一个快乐的周末，我们在马钱海边的房子里喝酒，我们在海边唱歌。 夜里下了一场雨，我们去了马钱屋后的山林，采了一堆谁都不敢吃的蘑菇。 马钱的书房里放着《菜根谭》《庄子》等书。 这是一场完美的秀，我们都很满意。 我们对马钱说，尽管你不是一个优秀的诗人，但你过着诗人的生活。 面对生活，你表现出了充分的想象力。 现在，即

广州美人

使你再也写不出一行诗,你依然是一个伟大的诗人,你将你的诗写在了祖国的大地上,你是一个具有行动力的诗人。这看起来像不像给一个人写的悼词?反正马钱说,等他死了,这些句子要刻在他的墓碑上。

从马钱那儿回来,我和老谭、丁武又聚过几次。我们一致认为生活是最伟大的艺术家,而我们只是其中扮演小丑的几个傻瓜。该怎么说那年的秋天呢?萧索是没有的,南方的树木永远是青翠的,路边的花一如既往地开着。我们还是坐在马路边的烧烤摊上喝啤酒,偶尔也带着几个年轻的姑娘,羊肉串的麻辣味儿一如从前。如果说生活是一场漫长的肥皂剧,无聊是生活唯一的真谛,那么我们足以抵抗这无聊生活的是我们比生活更无聊。那么多人坐在桌子边上看电视,关心远方的战争、明星的绯闻、股票、房子。这油腻腻的生活,让我们的身体充满富余的脂肪,慵懒,无所事事。我们尽量不去想马钱,那个混蛋,他提前过上了我们想要的生活。像丁武说的一样,凭什么?他比我们聪明,还是比我们有能力?

马钱跟我们的联系慢慢少了,我们也不再给他打电话。就是老谭、丁武和我,我们之间的联系也少了。一起吃喝玩乐了快十年,也该散了。天下没有不散的

亡灵之叹

筵席，就这么散了，还能给大家留一个念想，挺好。

大概是三年或者五年，还是更长一点。我们都没有去计算，那几年，老谭忙着他的厂子，丁武在公务员队伍里稳步上升，我还是老样子。前两年，我们一年还见上三五次；后来，一年一次；再后来，就没联系了。我们有了新的朋友，新的圈子，过去的那些人慢慢消失了。再次把我们聚起来的是马钱的儿子。那天早上，我们都接了一个陌生人的电话。刚开始，我们都没有接，但那电话很顽固，一直在响，一次又一次。我接了电话，电话里是一个陌生的声音，他说，你是马拉吗？我说，是，你是哪位？电话那边说，我是马乐，马钱的儿子。我哦了一声说，有事吗？马乐说，是这样，我想请你们去看看我爸。我想了想，马钱，我还记得。我说，马钱怎么了？马乐说，你去看看他吧，你住哪儿？我过来接你。

坐在车上，我看到了老谭，还有丁武。马乐说，不好意思，你看，你们都这么忙，还麻烦你们，真不好意思。我们说，没事儿，马钱怎么了？马乐说，一会儿也说不清楚。我爸快成神仙了，我有点担心。他这几年不用手机了，我看了看他的手机，他最后几个电话是打给你们的，我想你们一定是他的朋友，我想请你们劝劝他。马乐这么一说,我们都有点心神不安了,我们问,马钱到底怎么了? 我们估计马钱可能真的差不多了,悼词要派上用场了。

马乐一边开车,一边给我们讲马钱。车开了一个多小时,我们大概明白了。马钱住进了海边的房子,但很快他就搬出来了。他说,他觉得那种生活太虚无了,而且假,他像是活在一个虚假的梦境中。离开海边的房子,马钱住进了山里,开荒种地,房子也是自己搭的。马乐说,我实在看不过眼,他住那儿,你让我面子往哪儿搁啊? 邻居街坊还不得把我的脊梁骨给戳穿了? 你说,一个老头儿,这么大年纪了,又不是没钱,他干吗呀这是? 你说是吧? 老谭说,也没什么,他喜欢就行了,只要他过得开心,你也不要多想。马乐回头看了老谭一眼说,刚开始我也那么想,他住山里面,我也没意见。我给他送米、送油、送衣服,他也接受,日子还能过。过了两年,他连我给他的东西都不要了,只吃自己种的。老谭看了我一眼,我没吭声。我想象着马钱在山里种地的样子。马乐说,我看他快不行了。老谭说,老马到底怎么了? 马乐说,他现在连地也不种了,吃树叶,喝泉水。丁武张大了嘴巴。

亡灵之叹

下了车,我们跟着马乐翻过了四座山,才找到马钱。 我们到的时候,马钱正坐在屋子门口。 那屋子真小,看起来像一个茅房。 马钱穿着裤子,光着膀子,他那裤子像有一百年没洗过了。 在他面前,放着一碗水,水倒是很清。 看到我们,马钱举起碗喝水。 放下碗,马钱说,你们来了。 老谭说,来看看你,看看你。 马钱说,我有什么好看的。 老谭说,老马,你这是何必呢? 马钱说,我觉得挺好的。 马钱那里一个凳子都没有,我们几个像树桩一样立在那里,好像有很多话要说,又似乎没什么好说的。 站了一会儿,我们说,老马,算了,我们回去吧,想想以前,我们过得不是挺好的? 别折腾了。 马钱说,你们不知道,你看到那云没? 我们抬头看了一下天,云很白。 马钱说,浮云,但多自由。 要是换在那几年,我们肯定开骂了,肯定得说马钱酸得像颗葡萄,但这次,我们都不敢说。 我们站在马钱身边,第一次觉得自己像个傻逼,彻头彻尾的傻逼。 那天,我们站在马钱身边,喝了几碗水。 马钱说,我这里没什么吃的,你们早点回去吧。 我们不肯走,马钱说,一会儿天要黑了,你们想回也回不去了。

天慢慢暗了下来,我们的肚子饿得咕咕响,马钱悠

广州美人

闲地吃着手里的树叶和我们不知道名字的草和浆果。马钱递给我们一把果子说,尝一下,味道不错的。我们拿在手上,看了半天,慢吞吞地放在嘴里咬了咬,又苦又涩。马钱笑了笑,露出洁白的牙齿,以前,他的牙齿被烟熏得很黑。我们继续劝马钱回去,马钱不理我们。天色越来越暗,再不走,就真的出不了山了。我们几个狼狈地回到车上,马乐的脸黑得像块乌云。

马钱死的那天,我们都去了。站在马钱的遗像前,我们毕恭毕敬地鞠了三个躬。后来的事情,我们都知道了,马钱到底还是没把他的万贯家财给捐了,他全部留给了他儿子,这让我们松了一口气。再次见到马乐时,他的快乐感染了我们。作为三个无用的废物,我们羡慕马乐。

拍电影

「 拍电影 」

在我们这个小圈子，谁都知道，刘冬想拍部电影。每隔半个月，最多一个月，刘冬就会把我们约出来，吃吃饭，喝喝酒。当然不是免费的，我们得听他谈电影。通常是这样，刘冬给我们讲他最近看过的电影，我们都承认，刘冬比我们懂电影，谈起电影来一套一套的，甚至包括摄像、剪辑和配乐。我们都看电影，这年月，作为一个文艺工作者，你不看电影，出门简直没法和人说话，而且你还不好意思看太大路货的电影，至少得是法国电影吧。但我们都讨厌和刘冬谈电影，他谈的电影我们都没看过，我们实在不知道在这个破城市，他是在哪儿找到那些乱七八糟的片子的。如果仅仅是谈电影，我们听听也就算了，谁没点爱好，你说是

45

不是？讨厌的是每次谈完看过的电影，他就会说，我想拍部电影。

如果你身边有这么个人，有钱，有空，他跟你说，他想拍部电影，你会不会激动起来？反正，第一次听刘冬说他要拍部电影，我们都挺激动的。拍电影，这是多么文艺的事情，不是说电影是艺术中的艺术吗？它综合了文学、美术、音乐、摄影，是艺术的立体表现。我们当然知道刘冬不是想去拍商业片，如果那样，我们就不激动了。他要拍肯定得拍文艺片，你看看他看的电影，多文艺啊！刘冬说，这部电影在我脑子里放了两三年了，我得赶紧把它拍出来。当时，我们瞪大了眼睛，拍电影？太牛了。刘冬的整个形象在我们面前闪闪发光。刘冬跟我们谈了他电影的构思，我们都觉得那个故事实在不错，他的拍摄思路尤其对我们的胃口。我们都纷纷给刘冬出主意，说到最后，我们一致认为拍电影最大的困难就是钱，只要有钱，电影是可以拍出来的，而刘冬恰好有点钱。多不敢说，拿出一两百万砸一下，应该问题不大。那么，钱的问题就不是问题了。一个文艺片，有一两百万也算可以了，至于演员，我们可以自己去找。为了表示对刘冬的支持，我们都表示愿意出演其中任何他需要的角色，

拍电影

哪怕自毁形象,哪怕牺牲休息时间。我们甚至还给刘冬算了一笔账,即使这电影不能上映,走走电影节,也不见得收不回成本,很多文艺片不都是那么干的嘛!

一连几个月,每个周末,我们都在一起讨论这部电影。从编剧谈到配乐,从配乐谈到演员,从演员谈到潜规则,从潜规则谈到录音,又从录音谈到剪辑,甚至谈到媒体策略。总之,只要涉及电影的,我们几乎都谈到了。为了保证讨论的严肃性,每次还找了人来做记录,记录好的资料我们都交给了刘冬。为了这部电影,我们喝了多少酒,都不记得了。多少个夜晚,街上的行人都散了,酒吧打烊了,夜市也收摊了,清洁工人都上街了,我们才拖着迈不开的双腿回家,像死猪一样一躺就是一天。谈到后来,实在没什么可谈的了,我们觉得这部电影已经成型了,只是等着刘冬去把它拍出来。到了这个时候,我们才意识到我们该结束空谈,进入实操了。先得有个剧本,故事的构思是刘冬提出来的,我们认为得由他来写这个剧本。刘冬同意了,他说,这个电影的制片人、导演、编剧都得是他,那才牛逼,至于我们几个,可以挂上个特约策划的头衔。对这个,我们没什么意见,我们本来也没别的意思,毕竟还得刘冬出钱嘛,我们都是凑热闹的。

广州美人

剧本迟迟没有出来,我们催过几次,刘冬说,还在写,还在写。要不就是,还得修改。我们耐心地等着。一年过去了,我们都不谈这个了,我们觉得被刘冬给忽悠了,他根本就不想拍电影,或者说他就是个幻想家。隔上一段时间,刘冬就说,我想拍部电影。我们听得都烦了,说,得了吧,就你,还拍电影?刘冬就笑,你们等着,我会拍部电影的。我们都不相信刘冬会去拍电影,他只是说习惯了而已。拍电影对他来说,就像酒鬼的酒瓶子,想丢也丢不脱了。直到某一天,刘冬真的拿了个剧本到我们面前。我们觉得既然剧本都有了,那么,他大概是真的要拍部电影了。我们的激情再次被刘冬点燃了,那个剧本,我们每个人都改了一遍,添加了很多自以为得意的想法。看到刘冬,我们不叫他刘冬了,改叫"刘导"。刘冬笑哈哈的,就像他真的是个导演一样。然而刘冬再次让我们失望了,剧本改好了,事情又停了下来,而且一停就是两年。我们依然喊他"刘导",已经有些特殊的意思了。

刘冬开了一个工厂、一个文化传播公司。工厂好像是做电子类产品的,具体做什么我们不知道,也不关心。文化传播公司我们却都知道,我们几个,老谭、

拍电影

老王和我，都算是搞文学的，经常去刘冬的公司喝茶。公司不大，只有一百多个平方，地段却非常不错，算是海城最好的写字楼。整个公司只有两个人，总经理刘冬，还有一个叫小秋的姑娘。公司没什么业务，偶尔接几个内刊的设计，一个月的收入估计连付小秋的工资都不够。更要命的是小秋是个非常笨的姑娘，除了打字她基本上什么都不会，杂志、报纸、图书的排版、设计她一窍不通，而刘冬的公司主要是做这个的。我们都建议刘冬把小秋给炒了，再请一个员工；要不干脆把公司关了，把写字楼租出去得了，一个月好歹可以收四五千的租金。刘冬不肯，他说，像小秋这种什么都不会的姑娘，我要是把她炒了，她肯定就找不到工作了。再说，人家毕竟在这儿干了三四年，大好青春都耗在这儿了，我就这么把她给炒了，太不人道了。她那点活儿，我几个小时就干完了，就当换换脑子。每次我们去刘冬的公司，小秋都很热情，她知道我们跟刘冬的关系。她热情地给我们泡茶，我们神吹瞎侃的时候，小秋用很崇拜的眼神看着我们。想起我们对刘冬的建议，我们觉得有些不好意思。按刘冬的说法，这个公司就是为了拍电影开的。小秋虽然什么都不会，但人老实，以后拍电影了，做做剧务还是挺好的。

广州美人

我们都不爱和刘冬谈电影,这事儿他慢慢也知道了。时间一长,我们发现,如果不谈电影,我们也无话可说。国际政治、体育、娱乐八卦,我们也谈,但都兴趣不大,我们自以为是脱离了低级趣味的人,谈这些太八卦了,而且空洞得让人心里发慌。所以我们还是谈电影,老谭、老王和我谈我们自己的电影,比如《青红》《红色康拜因》等。我们不接刘冬的茬儿,刘冬一开口,我们就找一部电影把话题给岔过去。刘冬看着我们,嘴角带着歪斜的笑,抽烟。等我们谈完了,菜也该上了,酒也来了。酒一上桌子,我们几个就像看到了救星,老谭一边开酒瓶子,一边说,好啦,开档了,开档了,我们喝酒。刘冬酒量不好,三瓶啤酒下去,他能上五次厕所,脸红得像番茄。再给一瓶,他就能乖乖躺在椅子上,歪着脑袋,口水嗒嗒地流下来。偏偏刘冬又是一个来者不拒的人,我们很快就把他放翻了。等他躺在椅子上了,我们接着喝酒,等我们喝完,他差不多也就醒了。

即使这样,我们还是不能阻止刘冬的热情,他说,我要拍部电影。有一天,在刘冬的公司,我们在喝茶、翻书,老谭在练书法。刘冬招了招手说,哥儿几个都过来,说点正经事。围着茶台坐下,刘东说,我

拍电影

们的电影该拍了。老谭站起身,想继续练书法。刘冬拉了老谭一把,说,坐下,一说正经事就跑。给我们倒了杯茶后,刘冬扭过头对小秋说,把家当都拿出来。小秋愣了一下,刘冬说,拍电影的。小秋哦了一声,扭头进了另一个房间。我们几个人盯着小秋,看着小秋搬出三台摄像机,几个话筒,圆形轨道,还有一堆杂七杂八我们不认识的东西。搬完了,小秋看着刘冬说,刘总,摇臂我搬不动。刘冬摆了摆手说,摇臂就不搬了。我们几个被刘冬镇住了,刘冬摸着摄像机说,买这些东西花了我四十多万。老谭说,要拍了,真要拍了!刘冬抬起头说,我知道你们都以为我在开玩笑,这两年,我没干别的,就学拍电影了。东西我都买得差不多了,凑合着用吧,先练练手。我们把以前的事儿全给忘了,身上又热了起来,我们相信这次是真的要拍了。如果说着玩,他犯不着花这四十多万。刘冬说,该找演员了。

刘冬给老谭、老王和我发了工作证,证件上贴着我们的大头照,落款是"《搔白头》剧组",盖的是刘冬公司的公章,我们的头衔是"特约策划"。刘冬公司门口另外挂了个牌子——"《搔白头》剧组办公室"。我们对电影的名字有点不满,但还是忍了,这个以后还可以改，就不纠缠了。现在的主要任务是找演员，找到合适的演员。从一开始，我们就没打算请专业演员，那太费钱了，也没那必要，这毕竟是我们的第一部电影，我们可以当成一个练习。日子还长，我们相信我们会在一起拍很多部电影，我们的名字将成为电影史上的传奇。你别笑，当时我们就是那么想的。我们快速地做了分工，老王熟悉网络，他负责在各大论坛上发帖，招聘演员，最好是海城的，附近的也行，太远就不行了，联系起来不方便，毕竟我们不是专业的剧组，拍摄可能持续很长时间，用的也是周末的零碎时间。老谭和我负责在本市的几个大学贴广告。电影的主角是一个涉世未深的少女，她爱上了一个垂垂老矣的诗人。这姑娘得纯洁、文雅，得干净得跟白莲花似的。这样的姑娘最好去高中找，但我们不想骚扰正在为高考努力的孩子们，只能去大学。大学里面还有多少纯净的姑娘，我们心里都没有底。

广告发完了，每天晚上，我们都聚在刘冬的办公室，等着演员来面试。白天，我们都忙着别的事情，想来也没时间。晚上，听起来挺暧昧的，而且还是面试。但请相信我们，我们怀着热烈的艺术理想，绝不搞潜规则那一套。找演员之前，刘冬就跟我们说了，

拍电影

不能把演艺圈的歪风邪气带进我们剧组，一旦查实，马上开除，永不叙用。 面试都是预约的，让我们意外的是，广告发出的第一天，我们的电话就响了起来。 刘冬的、老谭的，还有我的，无一例外。 大好形势让我们欢欣鼓舞，好像美好前途就在前方。 从今天开始，我们不再是办公楼的小职员，不再是那个做梦的青年，我们是艺术家。 打进电话的，我们没有立即答应她们的面试请求，我们说，麻烦你按要求发送简历及个人生活照到剧组指定信箱，如果你条件符合，我们会打电话和你联系。 当天晚上，我们守在刘冬的办公室，看着信箱里的邮件，充满了丰收的喜悦。 那些姑娘可真漂亮啊，穿得可真少啊。 平时，我们走在街上，从来没看过那么多的美女，现在她们朝我们涌过来，说像潮水一般一点也不夸张。 老谭看得眼睛都绿了，建议让她们都过来面试。 刘冬瞥了老谭一眼说，你以为选美啊？ 你看看你，见到姑娘下巴都掉了，你还策划呢，你丢不丢人？ 刘冬把这些姑娘的简历都打印了出来，一份一份地看，很多姑娘的简历都被他放下了，都是美人啊！ 看完了，刘冬留了十份简历说，让她们明天来面试吧！ 我们轮流看了一遍，那些穿得少的姑娘没了，胸大的姑娘没了。 刘冬说，我们的女主角是个涉

广州美人

世未深的姑娘,你看看那些,刘冬指着淘汰掉的简历说,一看就阅尽沧桑,满脸风尘,气质太不符合了。老谭觉得有些惋惜,说,约她们过来看看嘛,反正也就是几分钟的事儿。刘冬严肃地摇了摇头说,不能开这个口子,一开这个口子就收不住了。我们都闭上了嘴巴。

坐在沙发上,面试的姑娘站在我们前面。刘冬说,先自我介绍一下。等自我介绍完了,刘冬把剧本发给姑娘们说,你们随便挑一段演一下看看。我们非常失望。这些姑娘虽然漂亮,面对镜头,看得出来她们完全不会演戏,要么过于呆板了,要么表现得太风骚了。表演完,我们看了看刘冬,刘冬的脸板着,说,你们都回去吧,我们讨论一下,明天给你们答复。姑娘们都走了,刘冬一根接一根地抽烟。老谭把姑娘们送到楼下,回来问刘冬,感觉怎样?刘冬摇了摇头。老王说,没关系,慢慢找,人多得很。刘冬吐了个烟圈说,现在的姑娘们感觉都不对了,好像少了点什么。是啊,我们也感觉到了,的确是少了点什么。我们都看过剧本,这些姑娘完全不符合我们的想象。

为了找到我们的女主角,我们花了将近四个月的时间。几乎每个晚上,我们都在刘冬的办公室看美女,

拍电影

一次次充满希望，又一次次失望。但我们也不是完全没有收获，至少我们找到了几个配角。还有三个姑娘，我们把她们作为女主角候选人列入考察范围。刘冬给她们开了书单说，先看看书，找找感觉，你们是要和一个老诗人谈恋爱，纯精神的那种，柏拉图之恋，知道吧？那段时间，几乎每个周末，我们都和这三个姑娘泡在一起，我们一起看电影，一起吃夜宵，一起去泡吧，唱卡拉OK。要说想法，当然也不是没有，三个活生生的漂亮姑娘摆在你身边，如果你一点想法都没有，肯定是哪儿坏掉了。尽管如此，我们还是克制着我们的欲望，除了偶尔跳跳舞，唱歌的时候搂一下，我们跟三个姑娘保持着适当的距离。

电影迟迟没有开拍。刚开始我们一个电话打过去马上就过来的姑娘也不来了，她们大概觉得，我们根本不是想拍电影，只不过是想借这个理由泡泡姑娘。到最后，只有秦红还在我们身边，她就是那三个姑娘中的一个。长期泡在一起，我们成了朋友。我们好像都忘记了要拍电影，秦红从来没有问过这个事情，她似乎也并不在乎我们是不是要拍电影。我们都喜欢秦红，首先她漂亮，真的漂亮，我尤其喜欢她挺翘的小鼻子，那鼻子可真漂亮，你自己想象去吧，尽可能往漂亮的方向想，我实在是写不出她鼻子的样子。她还温和,像只小兔子,温和但充满活力。她就像我们的妹妹,看到"妹妹"这个词,你大概可以知道,她符合"纯净"这个特征。她美,但不会让你充满低俗的欲望。好了,不再就这个问题纠缠了。秦红也喜欢我们,她说,你们挺可爱的,都这么大的人了,还像孩子似的。如果别人这么说我们,我们肯定认为这是侮辱了我们的智商,但秦红这么说,我们非常开心。我们为什么不可以是个孩子? 我们干吗非得长大,明白那么多的道理?

演员我们不找了,刘冬说,等着吧,等我们的主角出现了,我们再拍。老王也不发帖了,老谭和我也不去学校贴广告了,我们相信,如果我们真要拍这部电影,那么,我们的女主角一定会出现在我们眼前。现在,大概还不是时候。

电影还是得拍,机器都买了。刘冬说,《搔白头》暂且放着,先拍点小电影吧,十分钟、八分钟的那种,练练技术。我们在网上下载了一些短片的剧本。以前,我们不知道有那么多人在写剧本,上网一看,可真多啊,各种题材应有尽有。说实在的,这些剧本写得非常一般,故事老套,毫无想象力,偶尔碰到一个稍

拍电影

有想象力的,又给人感觉特别假。运气好碰到一个不错的,看完剧本,我们又觉得控制不了,里面涉及的特技我们做不了。讨论剧本的过程中,我们慢慢成熟起来,我们只能拍我们能掌控的电影,不能拍大场景,不能做特技,不能搞激情戏——这个不是我们不想,估计演员不干。千挑万选,我们总算找到了一个合适的剧本,算是校园爱情剧吧。一个表面温顺的女孩,有一颗叛逆的心,高考结束后,她上了大学。读大学时,她爱上了一个男孩,该死的是这个男孩是个感情骗子,女孩失去了贞操,肚子大了。男孩大学毕业,就此消失,女孩大着肚子,踏上了寻找他的旅程。这个故事够简单的,我们觉得完全可以控制,预算了一下,成本也不高。

毫无疑问,秦红是女主角,我们给她讲戏,秦红哈哈大笑,她说,你们还真把自己当导演了?刘冬看了看秦红说,你这么说就不对了,不管做什么事儿,我们都得认真,是不是?刘冬的眉头皱着,不停地搓手,他说,先联系一下场地,室内的戏好说,但求爱那场戏,我们得去学校里拍。老谭说,这有什么难的,随便找个大学,找个宿舍楼不就得了。刘冬笑了起来,你想得太简单了。你这长枪短炮的,不打个招呼,连门都进不了。老谭想了想说,也是,那我打个电话。老谭在本市算是个著名作家,经常去大学讲课。他打了个电话给海城大学文学院的院长,那院长我们见过,一起喝过几次酒。老谭冲着电话说,黄院长,我老谭啊,有个事儿要麻烦你。啊,是这样,我们打算拍部电影。有个景要在学校里拍,就是女生宿舍楼,你看能不能帮忙给联系一下?对对,就是校园爱情片。啊,嗯,放心放心,绝对不会有负面形象,正面,绝对正面。我你还信不过?哈哈,好,那我等你消息。挂了电话,老谭说,场地应该没问题。刘冬说,最好没问题。

星期六,我们去了海城大学,一起去的还有刘冬专门请的两个摄像师。天气很好,难得的蓝天白云,空中没有灰霾,透明度高,光线柔和,正是拍电影的好天气。刘冬开着车,直接开到了文学院的女生宿舍楼下。到了地方,刘冬没下车,坐在车上,点了根烟,我和老谭都急了,都到地方了,你抽什么烟啊!刘冬没说话,抽完一根,又点上一根。摄像师在后面看着刘冬,大概是等得有点急了,叫了声刘导。刘冬转过身,说,你们先在车上坐会儿,我去看看地形。说完,朝我们使了个眼色。老谭、老王还有我跟着刘冬

拍电影

　　下了车。刘冬看着女生宿舍楼,从门口看到两旁的树,再看女生楼上挂着的鲜艳的裙子和牛仔裤。看了半天,刘冬说话了,他压低声音说,我操,怎么拍呀?他一说,我们一下子愣住了。是啊,怎么拍呀?道具我们都准备好了,但怎么摆?谁来摆?刘冬说,老王,你和马拉负责去摆,我去看机位。老王看了看我,我们都不太乐意,但还是咬着牙说,好。车上装了一堆的玫瑰花,昨天我们一起去花市买的,五毛钱一支。我们得摆成一个巨大的心形,里面还得摆成"I LOVE YOU W"的形状。分派好给老王和我的任务,刘冬又站在那儿,一副手足无措的样子。站了一会儿,刘冬说,我看看剧本。掏出剧本,看了几分钟,刘冬说,拍,马上开始拍。

　　我和老王把车上的玫瑰花搬了下来。按照拍摄计划,我们得先摆一半,然后男主角继续摆,这里拍一个镜头。接下来,我们摆完,男主角深情款款地站在玫瑰花边上,一个仰视的镜头,三个机位,一个女生宿舍的空镜头。男主角对着女生宿舍楼大声喊,王丽,我爱你!男主角喊过几声后,女主角满脸娇羞地从宿舍跑出来,看了一眼,转身回了宿舍。挺简单的,是不是?拍之前,我们都是这么认为的。这种镜头,我们在电视里、电影里看得多了。

　　到都到了,硬着头皮拍吧。 我和老王蹲下来摆花,路过的学生看着我们,好像我们俩是大傻瓜似的,有好奇的学生站在我们旁边,大概以为又有什么好戏要上演了。 刘冬戴着墨镜站在旁边,摄像师已经架好机器了。 我们一边摆,一边嘀咕,刘冬他妈的也太不是个东西了,这种丢人现眼的活儿让我们来干,他戴着个墨镜,搞得跟艺术家似的。 摆到一半,男主角上场了,男主角是我们临时打电话喊过来的,也是平时一起唱歌喝酒的哥们儿,平时表现欲挺强的,我们觉得他应该适合这个角色。 这两个镜头拍得还算顺利。 该喊了,男主角张了张嘴,却一点声音没发出来。 刘冬在旁边说,喊啊,你倒是喊啊! 男主角几步跑到刘冬面前说,哥们儿,不好意思,喊不出来,太不好意思了,我觉得像个傻逼似的。 刘冬急了,说,操,这不是演戏吗? 你平时挺骚的,这会儿这么含蓄干吗? 男主角说,真喊不出来,我对着个空楼喊什么啊? 那一嗓子下去,一帮姑娘该出来看傻帽儿了。 刘冬推了男主角一把说,你他妈今天喊也得喊,不喊也得喊,为了你这一嗓子,老子买了几百块钱的花呢。 你不喊得赔钱,还有这些天的酒钱。 为了请你拍这个戏,你自己说,

拍电影

我请你吃了多少次饭了？ 男主角说，大哥，你别为难我。 刘冬横下脸说，我怎么觉得是你在为难我啊！

男主角再次站在了玫瑰花前，周围围着一帮看热闹的学生，两台摄像机再次对准了他。 男主角张口喊，"王——丽——，我——"声音不大，还没喊完，自己先笑了。 刘冬走了过来，黑着脸说，你大声点，喊完，别他妈磨磨叽叽的。 男主角握了握拳头，咬了咬牙说，操，老子豁出去了！ 这次，他几乎是声嘶力竭，"王——丽——，我——爱——你"！ 他一嗓子喊完，女生宿舍里哗地跑出一群姑娘，有的拿着牙刷就出来了。 我和老王都笑了起来，太好玩了。 刘冬也笑了起来说，再来一遍，不错，就这样，再来一遍！ 摄像，准备！ 男主角又喊了两次，喊完，兔子一样跑回了车里，刘冬再怎么叫他，他也不肯出来了。

该拍下一个镜头了，秦红进女生宿舍。 在女生宿舍门口，我们和门口的老大妈交涉了半天，反复告诉她，我们在拍电影。 不管我们怎么说，大妈只有一句话，不准进，你一个男的，还扛着摄像机。 老谭不得不把黄院长搬了出来，老谭说，我们跟黄院长打过招呼，他同意的。 大妈说，那你叫黄院长过来。 老谭给黄院长打了个电话，电话打通了，老谭和黄院长说了几句，把电话递给大妈说，你听电话。大妈没接老谭的电话，不屑地说，谁知道你这是给谁打电话，除非黄院长亲自过来，否则，你们别想上去，你们要想硬闯我就报警。老谭拿回电话，说，不好意思，黄院长，恐怕得你亲自过来一趟，不让进，死活都不让进。

太狼狈了，整个过程太狼狈了。回到车上，我们都没说话。在刘冬的公司坐下，刘冬脸色很难看，他对小秋说，小秋，你去给我买瓶酒，要白的。是个傻瓜都能看出来，刘冬心情不好，非常不好。我们给小秋使了个眼色，小秋傻乎乎地站着，不知道该去还是不该去。刘冬突然吼了一声，叫你给我买瓶酒，你傻了啊！小秋连忙躲了出去。刘冬一根接一根地抽烟，一连抽了三根，刘冬把烟头狠狠地掐灭，语气沉重地说，失败，太失败。老谭和我，还有老王互相望了一眼，我们觉得事情没这么严重，不就一场戏拍砸了嘛，砸了就砸了嘛，我们又不是专业人士。这说明我们根本就不适合拍电影，我们根本就不会拍电影。刘冬靠在沙发上说，我们还得从头学起。

此后很长一段时间，刘冬不跟我们谈拍电影的事儿，我们更不会主动谈这个话题。事情发展到这地步，我们觉得问题有点严重了，刘冬可能真的是想拍部

拍电影

电影,而我们只是想玩一下,凑个热闹。 我们本来以为拍部小电影,是件很简单的事情,事实证明,我们把电影想得太简单了。

日子该怎么过,还是怎么过。 我们回到了原来的生活之中,该做小职员的,老老实实去做小职员;该跑生意的,继续跑生意。 直到有一天,刘冬打了电话过来说,今天晚上聚一下吧。 我掐着指头算了一下,自那次狼狈的拍摄之后,我们有两个月没聚了,这打破了我们认识以来的纪录。

都坐下了,秦红坐在刘冬边上,他们到得比我们早,正等着我们。 我到的时候,老谭和老王都到了。人都齐了,刘冬说,跟哥儿几个宣布个事儿,我结婚了。 我们几个都愣了一下,这消息太突然了。 以我们对刘冬的了解,我们觉得他是永远不会结婚的,他也一直宣称他是单身主义者。 他有钱,长得也不错,还热爱艺术,这样的男人身边从来就不会缺少女人。 事实也是如此,我们见过太多刘冬身边的女人,长的大半年,短的两个礼拜就消失了。 我们先后结婚,有了孩子,都对刘冬说过,结吧,结个婚其实挺好的。 刘冬只是笑笑,他说,结婚有什么意思? 还他妈老婆孩子热炕头,无聊了点吧? 我们笑嘻嘻地看着刘冬,谁呀，你跟谁结了？ 你不是不结婚的吗？ 我们笑着，看着秦红。 刘冬搂了一下秦红的肩膀说，跟这姑娘。 好啊，太好了！ 秦红，你太牛了，连刘冬都搞得定！ 气氛热烈起来，我们都喜欢秦红，但刘冬跟秦红结婚的消息，还是深深地刺痛了我们。 他和秦红结婚，我们不觉得奇怪，甚至我们也这么想过，但刘冬突然这么说出来，我们还是隐隐觉得有点不舒服。 秦红刚刚大学毕业，刘冬都快四十了。 这个不重要，重要的是，我们没来由地觉得刘冬潜规则了秦红，而这个，为什么我们都没有发现，他为什么不告诉我们？ 同时，我们又觉得秦红这姑娘太有心计了，以前，我们怎么就没看出来呢？ 从一开始，她大概就知道刘冬拍不了电影，但她还是一直跟着他。 刘冬有钱，这个傻瓜都知道，秦红算是给自己找了个好归宿。

那天晚上，我们都喝醉了。 在KTV，秦红拿着结婚证给我们一个一个地看，她的脸上洋溢着傻瓜都能看得到的喜悦，她也喝多了，又唱又跳。 她表现得越喜悦，我们越心酸，酒就越来越快地进入我们的肚子。可真难受啊，我去厕所吐了两次，胆汁都吐出来了。第二天，我在床上躺了整整一天，黄绿色的胆汁不断地从我嘴里吐出来。 我实在想不通，怎么会有那么多的

拍电影

东西可吐。这个谜，我到现在还没有解开。

和秦红结婚后，刘冬还是经常和我们在一起，秦红几乎每次都跟着。那段时间，我们没谈电影，刘冬的机器都放在公司里，再也没有动过。大约过了一年，秦红肚子大了，我们又抽烟又喝酒的，她不方便跟我们混在一起了。刘冬又谈起了电影，他说，上次的教训惨痛啊。我们纷纷点头。刘冬的伤口愈合了，他重新开始谈电影，谈那段耻辱的拍摄，说明这事儿已经过去了。他给我们看了《搔白头》的新剧本，剧本已经改了，改动很大。除开文学剧本，刘冬还写了分镜头剧本。刘冬说，上次我们之所以这么狼狈，主要出了两个问题。第一，我们没有职业精神。简单点说，我们连在公共场合拍摄的心理素质都不具备，这个非常可怕，我们必须克服这个心理障碍。第二，太草率了，实在太草率了。我们连个分镜头剧本都没有，到了片场，他妈一团糟，手忙脚乱。刘冬新写的分镜头剧本里，每一个镜头所需的道具都写得清清楚楚，看得出来刘冬是花了心思的。刘冬说，以前看报纸，说拍一部电影前期准备剧本就得几年，我还不相信，现在我信了。我们看着剧本，头皮一阵阵发麻，他还惦记着拍电影。过了一会儿，老谭说，刘冬，还要拍啊？刘冬

广州美人

点了点头,说,当然得拍,这是我的理想,也可以说是一个梦想,我一辈子总得干成个事儿吧。老谭说,你其实已经很成功了,年纪轻轻就有了自己的事业。再说了,理想也不是非得拍部电影吧?刘冬摇了摇头说,我觉得我的理想就是这个。至少,我得把《搔白头》给拍了。

又开始谈电影,我们都怕刘冬,我们不想拍电影,一点儿那个念头都没有。刚开始他说想拍部电影,我们只是觉得好玩,真开始拍,我们觉得拍电影一点都不好玩。隔行如隔山,这事儿我们干不好,也不想干。我们的证件,早就还给刘冬了,但刘冬还是拉着我们谈电影。他说,在海城,如果你们不跟我谈电影,那我跟谁谈去?作为朋友,我们得听他谈电影。就像面对一个失恋的朋友,你得陪他喝酒,陪他烂醉如泥,陪他过上几个月混乱的生活。这无关道德,但有关义气。我们都是讲义气的人。我们期待着这种日子早早过去,我们想,等秦红的孩子生了,他做了父亲,强烈的父爱会让他忘记电影。就像我们刚当父亲那会儿一样,只有孩子是最宝贵的,其余的一切都是狗屎。盼啊,盼啊,秦红生了,孩子也一岁了。我们足足忍受了一年,漫长的一年。但刘冬丝毫没有放弃的意思,

拍电影

还在拉着我们谈电影。一年过去了，我们也习惯了，谈就谈吧，总比谈女星三围有意思一些。

秦红来找我们时，我们都有些意外，以为她和刘冬的感情出了问题。秦红的眼睛红着，有点想哭的意思。我们说，秦红，你别哭，千万别哭，有什么事儿你说出来，哥帮你做主。我们都以为刘冬和别的女人搞上了，这一点也不奇怪，刘冬结婚前，几乎每个月都换女朋友，跟秦红在一起，已经是我们见过的时间最长的一次恋爱了。秦红说，你们帮我劝劝刘冬，他疯了。我们说，你说吧，啥事儿，我们肯定尽力而为。秦红说，你们劝劝他，让他别老想拍电影那事儿了，拍什么电影啊，你们能拍出什么电影啊？！秦红说完，我们都松了一口气，甚至还笑了起来，我们都觉得秦红是小题大做了。刘冬说要拍部电影，也不是一年两年了。我们说，你就让他想吧，想这个总比想女人好吧！秦红哭了起来，你们不知道，他说要去北京学拍电影。他要真去了，丢下我和孩子怎么办啊？我们说，不至于吧？秦红说，怎么不至于，他都到北京电影学院报名了。说完，秦红又哭了，她说，我都跟他说了，你要真想拍这个电影，你投资，让人来拍，行不？我们就当钱往水里扔了。我们说，刘冬怎么说？

广州美人

秦红说，刘冬不肯，他说要自己拍。秦红说完，我们都没说话。把烟点上后，我说，秦红，你别哭，他也就是想想，没事的，待不了几天他就回来了。说这些话的时候，我特别心虚。我们知道刘冬这一去，就不会回来了，他肯定会吊死在这棵树上。

我们都没有去劝刘冬，明知道没意义的事情，懒得去干。再且，他喜欢折腾就让他折腾去吧，日子又不是过不下去。刘冬去北京，没有和我们辞行，他一个人去了北京，把秦红和孩子丢在了海城。没有了刘冬，我们的生活更加无聊，这让我们越发想念他。北京的风很大，不知道会不会把他英俊的脸吹得苍老。如果你在北京碰到他，请你告诉他，老谭、老王，还有马拉挺想念他，就这句。别的，就没有了。

唐·吉诃德号

王挺一直想造一艘船，乘船出海，这个愿望由来已久。

如果硬要说个具体点的时间，恐怕要追溯到几十年前。从十二岁开始，王挺就有了这个愿望。那时，他还在读小学，课本上说哥伦布发现了新大陆，又讲麦哲伦航海。这几件事儿把年幼的王挺给迷住了，发现新大陆、航海，那是个什么概念？毫无疑问那就是英雄。每个小男孩，都有过或长或短的英雄崇拜史，王挺也不例外。从那个时候起，王挺就有了造船出海的愿望。有件事他是很清楚的，再想发现什么新大陆是不可能了，但乘船出海周游世界还是有可能的，他想知道地球究竟是不是圆的。

广州美人

　　这个想法对一个孩子来说，很可爱，事实上也确实如此。 幼年的王挺跟父亲说起这个想法时，父亲用一双粗糙的大手摸着王挺的小脑袋笑哈哈地说，好，好，我们家王挺有志气，想周游世界呢，好，好！ 再后来，谈恋爱时，王挺跟女朋友说起这个想法，女朋友激动得脸都红了，她拉着王挺的手说，王挺，你的船造好了，一定要带我一起，我要跟你一起周游世界。 女朋友后来还多次跟王挺谈起这艘船的构造，以及必需的准备工作，他们甚至还买了大本大本的《航海知识》回来学习。 他们说不能坐人家的船，那样就没意思了，也不能去船厂买一艘船，那样也没意思，何况他们也没有足够的钱。 这些话在谈恋爱的时候说说，挺浪漫的。 等结婚生了孩子，王挺偶尔说起他这个想法，妻子总是一脸的鄙夷。 她说，王挺，你以为你是谁啊，要是你能造船出海，这世界上就没人不能造船出海了。 完了，妻子还伸手摸了摸王挺的额头说，王挺，你都这么大人了，怎么还那么幼稚，你就不能想点现实的东西？妻子摸王挺的额头时，王挺觉得有点陌生，妻子以前不是这么说的。 只有儿子，还在读小学的儿子，为王挺的想法感到兴奋。

　　接下来的二十多年，王挺一直压抑着这个想法，没跟任何人提起，他拼命地赚钱。他也确实富了。在苑城，王挺的知名度比市长高，整个苑城，有十分之一的人直接或者间接地为王挺的公司打工。王挺的妻子对这种现状非常满意，经常夸奖自己有眼光，找了一个有用的男人。这种满意，同样包括他的儿子。所以，多年后，当王挺再次说他准备造一艘船出海时，遭到了妻子和儿子的一致反对，他们认为，王挺完全是在异想天开，他是不可能造船出海的。

跟妻子和儿子说起这个想法是在一个阳光灿烂的早晨。王挺一边喝牛奶，一边翻报纸，翻到国际新闻版时，他的手停了下来，上面有条新闻吸引了他——《新西兰狂人自造热气球飞越太平洋》。放下报纸，王挺一直压抑在脑子里的念头，像一根压抑得太久的弹簧一样猛地蹦了出来，他有些激动，端着牛奶的手有些颤。

喝完牛奶，王挺对妻子和儿子说，我准备造一艘船出海！听王挺说完，妻子不以为然地笑了笑，说，好啊，你自己动手造吗？王挺郑重地点了点头。妻子的脸唰的一下就白了，她看了他一眼，又看了儿子一眼，放下牛奶，皱着眉头说，王挺，你怎么老想造船出海呢？王挺说，我想验证地球是不是圆的。妻子苦笑了一下说，这有什么好怀疑的呢？你不是经常在电视上

广州美人

看到卫星发回来的地球照片？它就是一个圆的、蔚蓝色的星球，跟月亮一样都是圆的。王挺没吭声。妻子走到王挺身边，拉着王挺的手说，王挺，你看我们的日子刚好过了，你又说这个不切实际的想法。王挺说，我挣下的钱够你和儿子花上十辈子了！妻子有些无奈，说，你怎么就这么小富即安呢？你想李嘉诚多有钱，几百亿美金呢，人家那么大年纪了还不是在努力工作？王挺冷笑了一声说，我不是李嘉诚，你别拿我跟他比，他喜欢赚钱，我想造船出海，这是两码事。王挺抬起下巴，指了指儿子问道，你有什么意见？儿子有些局促地说，没有，我没意见，你想怎么着就怎么着！王挺把双手放在桌子上说，那好，就这样决定了。

事情就这样决定了，王挺起身给办公室打了个电话，通知秘书今天他不来上班了，有什么事情以后再说，然后坐在阳台的椅子上。阳光很温暖地照在身上，细密的，像是在织棉花。王挺记得小时候，满地的棉花开花了，一朵朵柔软洁白的棉花连成一片，如同天空中的云朵。他想起第一次从课本上看到哥伦布发现新大陆时自己的激动，那些日子很遥远，现在回想起来，却很清晰，像是时间给它们渡上了金子，这么多年过去，还是一点没变。他坐在椅子上，想着造船的事情。先要选一个靠近海滩的地方，方便造船和下水；然后是买木料等建造材料，接下来是工序繁多的建造过程。技术和人力都是很大的问题。王挺听说过一个故事，舟山一带的有些渔民由于不会使用罗盘，单纯地依靠经验而迷失在海面上，而他连一点航海的经验都没有，他不希望他的船出现这样的问题。这是一个浩大的工程，是不是能成功，王挺没有把握。

在王挺做出这个决定的第二个月，妻子安排了和王挺的旅行，从亚洲、欧洲、非洲、美洲一路下来。这次旅行耗费了王挺差不多三个月的时间。回来后，王挺累得不行了。妻子问王挺，你现在几乎周游世界了，事实证明地球是圆的，对吗？王挺明白妻子的意思，但他只是想了想，然后从包里掏出他的笔记本和在世界各地买下的地图，他说，你看，我现在已经知道了最经济最短的线路，如果我造一艘船，我有把握两年之内可以环游世界。妻子的脸一下子沉了下来，说，难道你就非要造船出海吗？你怎么就不替我和儿子考虑一下呢？如果你出了什么事情，我们怎么办？王挺拍了拍妻子的肩膀说，你放心，我不会出事的，就是出事，我也会先把你们的事情安排好。

广州美人

妻子显然还不死心,她去找了王挺的父亲,王挺的父亲都七十多岁了,平时很少出门。这次,因为王挺,他出门了。见到王挺,父亲说,王挺,你这是干吗呢?好好的日子不过,你瞎折腾啥呢?王挺对父亲说,你记不记得我小时候你是怎么说的?父亲有点生气,用拐杖敲着地面说,那是鼓励小孩子的话,你怎么能当真呢?再说,如果你想出去,你怎么着不能去?干吗非得自己折腾?王挺说,你不明白。父亲说,我是不明白,但我知道你就是不想让这个家好好过了。说完,父亲气冲冲地走了。

尽管如此,王挺的造船计划依然开始实施了。

苑城是个小城,东边有什么风吹草动,西边过上一个小时就知道了,更何况与王挺这样的大人物有关的事。王挺要造船出海的事情在苑城引起了极大的轰动。他让整个苑城都激动了起来。这是多么好玩的事情啊,一个亿万富翁突然不想赚钱了,他想造一艘船出海,为的是证明地球是圆的。可这还需要证明吗?王挺很快成为苑城舆论的焦点。

民间的舆论主要有两种:一种认为王挺纯粹是异想天开,他根本就不可能造船出海,他造这个新闻不过是为了给他的公司做宣传;另一种认为王挺是被钱给烧的，他的钱多得没地方花了。这两种舆论对王挺都很不利，几乎所有的人都认为他一定另有目的，他不可能会傻到自己去造船航海；如果真的是，那么只能证明他疯了。那段日子，王挺上街时，到处都能看到对他露出奇怪笑容的人，这让他不习惯。官方的态度正好相反，他们表示，如果王挺真要造船出海，苑城将给予最大的支持，包括对外的联络和有关的手续报批等。市长在电话里告诉王挺，如果王挺愿意在他的船上写上"中国苑城号"，并且把苑城的招商手册向他所经过的国家散发，苑城愿意承担王挺造船的费用。市长在电话里激动地说，你就是新时代的郑和，郑和只下了一个西洋，你王挺可是环游世界啊！王挺在电话里婉拒了市长的好意，王挺说，他只是想知道地球是不是圆的，他要自己造船出海，哪怕不能周游世界。听完王挺的话，市长笑了笑说，哈，王挺，你这个王挺，你还跟我打哈哈，你想什么我不知道？哈哈，我能不知道？说完就把电话挂了，王挺真的有点糊涂了。

很快，苑城电视台和苑城日报都来人采访王挺，王挺一遍又一遍地向来采访的记者解释他造船的目的。由于他们的宣传，王挺的名字很快传遍了全国，大部分的新闻标题是这样写的——"苑城出了一个新时代的郑和""亿万富翁突发奇想,意欲造船环游世界",这些文章让王挺哭笑不得。 大部分的采访是这样进行的——

记者(以下简称记):王总,你好,听说你准备造一艘船周游世界?

王挺(以下简称王):是的。

记:请问你怎么会有这么一个想法?

王:我从小就有这个想法了。还在读小学时,我就知道哥伦布发现了新大陆,现在没有新大陆可以发现,但至少环游世界是可以的。

记:你能告诉我们你的动机吗?

王:没什么动机。

记:王总,不好意思,我听到一种说法,说你这样做是为了给自己的公司做宣传?

王:你觉得有必要吗?

记:这个……我不清楚,可老百姓就是这样想的。

王:他们有权利有自己的想法。

记:造一艘船周游世界要很多钱,你有没有想过找赞助商,或者让政府冠名?

王:没有,这是我自己的事情,也花不了很多钱。

记：你的计划开始了吗？

王：已经开始了，不过我得考虑得更周全一些。

记：你觉得你的计划能成功吗？

王：这个我不知道，我只是想试试。

记：有个问题我有点疑惑，你为什么不坐飞机，或者像有些人一样骑摩托车，偏偏要选择自己造船这种吃力不讨好的方式呢？

王：我想坐我自己造的船。

记：可这样的话，你也许要花很多年。

王：我想我还有足够的时间。

记：你这个计划有没有得到家人的支持？

王：没有。

记：为什么？

王：他们和你一样，觉得我是异想天开。

记：你预计这个计划要投资多少？

王：不知道。

记：你准备请哪些人来帮你完成这个宏大的工程？

王：还在找。

记：好的，谢谢王总接受我们的采访，等你真的造船成功环游世界了，那将是个奇迹。

王：谢谢，你太夸张了。

广州美人

只有一次例外。苑城的一个女记者采访完,临走时,突然转过身来问王挺,你觉得你是一个理想主义者吗?王挺愣了愣,他还没有想过这个问题。趁着王挺发呆的空子,女记者把一张名片递到王挺面前,一脸认真地对王挺说,如果你的船真的造好了,我想请你带我出海!说完就走了,王挺看了看名片,上面是一个好听的名字"雅戈"。王挺后来给雅戈打过一次电话,约她出来吃饭,但被拒绝了。放下电话,王挺暗自笑了笑,雅戈也许只是一时冲动,或者仅仅是表示一下对他的支持罢了。

为了造船,王挺请了苑城最著名的工匠。这些工匠都是苑城的造船高手,或者他们的父辈有着丰富的航海经验。苑城靠海,常年有渔民在海上作业,找人造船是不难的。刚开始,工匠们以为王挺造船和其他人一样,是为了下海捕鱼。他们告诉王挺,如果他要下海捕鱼的话,最好去买一艘铁船,因为木船的速度太慢,也不结实,走不了太远。等他们明白王挺的想法后,他们说如果要环游世界,那么就要造很大的船,至少需要两百名工匠。就算船造好了,王挺也不能马上出海,而要根据洋流的流向和海洋季风的方向来决定出海的日子。更重要的是,由于各大洋的洋流在不同的季节呈现出不同的特点，真的要周游世界，恐怕需要好多年。王挺说这些他都知道，他现在需要的是一艘船，一艘大船，要扬着巨大的白帆，航行在海上，如同一只巨大的鸟飞翔在海面上。对此，工匠们认为，仅仅依靠风帆和人力肯定是不行的，为了保险起见，最好装上现代化的发动机。王挺经过考虑之后接受了他们的建议，他无法让自己的航海完全古典。

　　王挺没想到的是这艘船一造就是十年，在这十年里，除了几次是因为船体的木材质量出了问题而重新来过外，更多的是因为技术上的问题，要造一艘能环游世界的船对苑城只会做渔船的工匠来说，难度太大了。他们经常在拿出一个方案后，匆匆上马，结果经过论证后才发现这个设计方案是不行的，不得不探索新的方案。在这个过程中，王挺坚决地拒绝了政府在财力和技术上的任何帮助，他坚信凭自己的力量能够造出自己想要的船。

　　这十年，王挺只回过几次家。每次回家，他都睡不着，在床上辗转反侧地想着他的船。他的头发也白了，由于长期海风的吹拂，王挺的皮肤也变成了健康的古铜色。现在的王挺，已经不再是一个大公司的老总了，他成了一个熟练的造船工人。在工地里，他是最成熟的设计师。妻子几乎每个月都到海边看他,看王挺和他正在建造的船。儿子也来过,儿子说由于造船,公司每年的利润全都投在里面了,还得动用以前留下的资金。儿子叫苦,王挺装作没听见,他想他已经老了,如果在他的有生之年不能实现这个愿望,他死不瞑目。儿子的意思他懂,但不接受。

苑城的老百姓对王挺造船的关注也越来越淡,十年,有什么东西能够让人保持十年的热情呢?苑城的人都知道王挺在造这么一艘船。刚开始,还有人特意跑到海边来看。后来,就没有人有兴趣了,每次看到的都是一些忙碌的工人,而船,似乎连影子都没有看见。在他们看来,这不过是一个笑话,或者说王挺在建的是一个空中楼阁。

但对王挺来说,事情不是这样,他分明看见他的船一点点地清晰起来,看着地上的木料,他能判断出哪一些适合做船舷,哪一些适合做甲板。他的体内涌动着巨大的激情。有时候,他觉得他脚下其实是一座孤岛,他就是岛上的鲁滨孙。王挺看过《鲁滨孙漂流记》,隐约记得鲁滨孙被困在一个荒凉的岛上,和原始土著人做艰难的斗争,后来他收养了一个仆人,叫星期五。王挺觉得"星期五"这个名字充满象征意义,而不仅仅只是一个收养的日子那么简单。鲁滨孙通过使用这个名字来告诉自己,他还活在一个文明的时代。王挺翻阅过《圣经》,第一卷《创世记》上是这样解释星期五的:神说,水要多滋生有生命的物,要雀鸟飞在地面以上,天空之中。神就造出水中所滋生的各种有生命的生物,各从其类;又造出各种飞鸟,各从其类。神看着是好的,就赐福给这一切,说,滋生繁多,充满海中的水,雀鸟也要多生在地上。有晚上,有早晨,是第五日。这第五日和水有关。遗憾的是,在孤岛上,鲁滨孙没有造出一艘船,他也造不出来。和鲁滨孙相比,王挺觉得自己非常幸福。

造船的前两年,让王挺非常意外的是雅戈经常会过来看他。他们躺在海边的沙滩上说话,不远处传来海浪狮子一样深沉的低吼。雅戈比王挺年轻二十多岁,王挺决心要造一艘船时,雅戈刚刚大学毕业。雅戈对王挺说,你是我采访的第一个重量级人物,也是最有趣的。我从来没有想过一个亿万富翁会想着自己造一艘船出海。雅戈坚定地认为王挺是一个理想主义者,她说她在他的身上看到难能可贵的梦想和光荣。雅戈这么说,王挺没反对,他觉得只有他自己知道,他并不是一个理想主义者。雅戈偶尔也会问一下王挺造船的进度，王挺总是皱着眉头说，快了，快了，本来已经做好了一部分的，结果又重来了。王挺说的时候，雅戈笑得意味深长。王挺指着还看不见影子的船告诉雅戈，等他的船造好了，要正对着大海。对大海来说，每条船都是一条渴望得到水的鱼。后来几年，雅戈就来得少了，王挺想，那是因为她要结婚、生孩子了。她需要时间来干点别的事情，总不能老和一条似乎永远也不能完工的船连在一起。

两百名工匠的努力没有白费，王挺的船越来越具体，他看见船的雏形就已经非常满意了。那是一艘多么漂亮的船啊，棕黄色的船身，像一把锐利的尖刀。他想象着船入水的那刻，以及乘风破浪的情景。高高的桅杆上挂着巨大的白帆，迎风飘扬时，像一面巨大的旗帜。王挺想，自己站在甲板上，一定威武得像个将军。接下来的日子是琐碎而快乐的，王挺和工匠们给船刷漆，检查船身，就像检查一部即将升天的火箭。他不允许他的船有任何闪失。

造了十年，船造成了。船长六十八米，宽十六米，三层。为了建造这艘船，十年中有八个工匠在这个宏伟的工程中丧生，不少工匠失去了手指。船造成的那天，王挺杀了四十头羊，羊血一朵一朵，艳若梅花，把海滩染成了绚烂的红色。 王挺在工匠们的欢呼声中登上了大船，工匠们的欢呼声汇聚成一阵阵海浪，王挺感觉他已经航行在海上了。 那一瞬间，他想起了十二岁时，他对父亲说，他要造一艘大船，周游世界。现在他已经成功了一半了，父亲老了，他也老了，他的泪水从眼眶里爬了出来。

王挺的船再次激起了苑城老百姓的热情，海滩上密密麻麻挤满了人。 苑城日报的记者追着王挺问，王总，请问这条船花了你多少钱？ 你觉得值得吗？ 王挺头也不回地说，我不知道，当然值得。 记者又问，那你准备什么时候出海？ 王挺头也不回地走了。

躲进房间，王挺用手紧紧地捂着他的鼻子和嘴巴，他怀疑自己如果不这么做，就会像一个孩子那样大声地哭出来。 他抬头看着房间里的镜子，他的头发白了，皮肤粗糙了，脸上布满了深深浅浅的皱纹。 他想想自己的年龄，已经快六十岁了，他把十年的精力都投在了一条船上。 为了这条船，他十年没怎么和妻子儿子一起生活；为了这条船，妻子把他当成怪物，儿子看他的眼神也是恨恨的。

房间外面是喧闹的人群，苑城的人们兴奋地讨论着这条具有传奇色彩的船。 王挺从镜子前面移开时，掏

广州美人

出手机拨了一个电话，这个电话王挺太熟悉了。电话通了，王挺的嗓子有点痒。

他说，我是王挺。

电话那头说，我知道你是王挺。

王挺的鼻子酸了一下，他听见那头说，你的船真的造成了，我在报纸上看到了。

王挺说，你想和我一起出海吗？

电话那头沉默了一下，说，不了，我想我还是不要了。

放下手机，王挺走出房间，外面的阳光很好。在不远的海边，王挺看见了他那条大船，船身漆成了黑色和蓝色，上面写着"唐·吉诃德号"五个大大的红字。他看见船上高高的桅杆和绳子，把天空分割成一块块的。在船的前后左右，都围着兴奋的人们，他们的表情让人觉得是他们建造了这艘船。

妻子看见王挺，微笑了一下说，王挺，你的船真的造出来了，它真漂亮。王挺抱了抱妻子，妻子的身体很瘦小，轻得像一片树叶。

王挺决定让唐·吉诃德号在四月十六日试航，五月十六日正式出海。他查阅过资料，五月温暖的海洋季风正好经过苑城，乘着这个季风，如果顺利的话，只要两个多月就可以到达大洋彼岸。

　　试航的那天，海滩上人山人海，巨大的唐·吉诃德号在巨型吊车、圆木以及数百名工匠的帮助下缓缓入水。当唐·吉诃德号接触水面时，围在海滩上的人们发出一阵阵欢呼，坐在船长室的王挺按响了唐·吉诃德号的第一声汽笛。唐·吉诃德号扬着帆，切割着蔚蓝的海面。海风吹到脸上，带着腥腻的盐味。王挺觉得这是世界上最美好的味道了。这是王挺第一次坐着自己的船出海，他骄傲得像一个国王。

　　试航回来，王挺在航海日志上认真地写下"四月十六日，试航，一切顺利"以及一堆关于气象和洋流的数据。

　　接下来的事情，并没有像苑城百姓期待的一样顺利发生。王挺最终没有周游世界，半个月后一场莫名其妙的大火将唐·吉诃德号烧了个精光。让人意外的是，王挺并没有表现出特别的悲伤，仿佛这场大火是在他意料之中的，或者纵火的是他自己，他的冷静和妻子的号啕大哭、儿子的满脸疼惜形成了鲜明的对比。

　　唐·吉诃德号烧光的那天晚上，王挺回家睡得很踏实。在梦中，他梦见自己驾驶着唐·吉诃德号行驶在海面上，海面蔚蓝，阳光耀眼，唐·吉诃德号看起来像一只贴着大海飞行的海鸥。

「虚花」

马虎和马龙在喝酒。马龙很瘦，精瘦，脸上找不到肉，他留的是小平头，头发一根根直立着，让人觉得他更瘦了。马虎胖一些，也不是很胖，说他健壮大概比较合适。马虎留的是长头发，披到肩上。他们是俩兄弟。马龙属龙，马虎属虎。起名字的时候，他们的爹妈怕麻烦，直接拿生肖当了名字，没想到叫起来也不错。俩兄弟一起喝酒，连个女人都没有。他们经常这样喝酒，一喝起来就没完没了，女人都懒得跟了。酒桌上放了一排酒瓶子，大概有十来个，都是空的，他们每人面前还摆着一瓶，喝了一大半的样子。马虎的脸红通通的，马龙的脸寡白寡白的。

马龙时不时看看手机，马虎有些不耐烦。马虎

虚花

说，马龙，你老看手机干吗？你是不是不想跟我喝酒？马龙放下手机说，哪儿有的事。马虎说，我看你不专心。马龙说，没有。又喝了一杯，马虎对马龙说，马龙，你觉得你过得有意思吗？马龙说，有意思，我觉得挺有意思的。马虎和马龙都是三十多岁的人了，都娶了老婆。有了老婆，兄弟俩感情还那么好，难得。更难得的是，马虎和马龙还经常一起谈人生。多半是马虎说，马龙听。马龙知道，一般马虎问，马龙，你觉得你过得有意思吗？那就是说，马虎觉得没意思了。马龙给马虎倒了杯酒说，哥，我真觉得挺有意思的。马虎说，没意思，我觉得我们过得都没意思。马龙说，那你觉得怎样才有意思？马虎说，我也不知道。

马虎是个画家，大画家。海城有六百三十万人，还不包括外来人口。这么大个城市，画画的成千上万，要在里面混出头来，很不容易，可是马虎混出来了。大学毕业那年，他的画就参加了全国美展，还拿了银奖。现在，他是海城青年美术家协会主席、美术家协会副主席。在级别决定价格的美术圈，马虎算是成功人士了。要命的是，马虎觉得他干得并不好，老觉得他的那些画毫无价值。由此，他就觉得生活没意思了。 马龙不一样，马龙也爱画画，却画不好，只好去开画廊，卖马虎的画，也卖别人的画。 他觉得他还能从事他喜欢的事业，生活挺有意思的。

  两个人又喝了几瓶。 马虎的表情很沮丧，好像受了天大的委屈似的。 马龙在旁边看着，陪他喝酒。 每隔一阵子，马虎就会这么来上一次，马龙已经习惯了，他想不明白，马虎怎么就觉得没意思了。 酒馆快打烊了，马龙跟马虎碰了碰杯说，哥，要不咱们换个地方吧，打烊了。 马虎慢慢抬起头，眼睛亮闪闪地看着马龙，马龙有点紧张。 突然，马虎笑了起来，马虎说，马龙，我想到了，我知道我的人生意义在哪儿了。 马龙说，在哪儿？ 马虎说，教孩子画画。 马龙说，挺好的。 马龙的话里有些敷衍的意思，类似的话，马虎说了不止一次。 马虎站了起来，喝了一杯说，那就这样决定了。 说完，马虎拉着马龙说，你今天晚上得陪我喝酒，明天我就要走了，下次见面还不知道是什么时候呢。 马龙说，好。

  马龙一直睡到第二天下午。 起来的时候，脑子还有些发晕。 他依稀记得昨天晚上的情景，马虎很兴奋，拉了一大帮人出来喝酒。 见人就说，我要走了，我们喝一杯吧。 折腾到凌晨两点左右，马龙实在挺不

虚花

住了。马龙对马虎说,哥,我顶不住了,我先撤了。马虎说,走吧,走吧,反正你活得没什么意思。马虎说的话,马龙没放在心上,这么些年,他习惯了。他甚至认为这大概是马虎艺术家气质的一部分,艺术家嘛,和一般人总有些不一样的,何况,马虎还是他亲哥,就更没什么了。马龙看了看手机,没电话打过来,他也懒得打电话给马虎。

过了几天,马龙接到艾丽的电话。艾丽说,马龙,你看到你哥没?马龙说,没呢。艾丽说,奇了怪了,他跑哪儿去了?马龙说,你管他呢,那么大个人还能丢了?艾丽说,前几天你哥俩不是还在一起喝酒吗?马龙说,是啊!艾丽说,那他去哪儿了?马龙这才觉得有点不对劲了,连忙问,他没回家?艾丽说,没啊,我还以为他一直跟你一起呢。马龙说,不会吧?艾丽说,我骗你干吗!马龙嘟囔着,低声说了一句,麻烦了。

这次,马虎是真的不见了。以前,马虎折腾归折腾,但没玩过失踪。一般情况下,他跟马龙讨论完人生,发泄完了,就乖乖回到他的生活轨道,该干吗干吗。马龙急了,一个接一个地打电话,问了一大圈人,没人见过马虎。艾丽也急了,她说,马龙,马虎到底去哪儿了？你得把他给我交出来。马龙说，我哪儿知道啊，我不也在找吗？艾丽说，你能不知道？你哥俩好得跟一个人似的，他有话跟你说都不跟我说。马龙说，我真不知道，我知道我急什么呀！艾丽看了看马龙，马龙的样子不像在撒谎。艾丽说，你想想，你哥跟你说什么没？马龙想了想说，前几天我哥喝多了，说要去教小孩画画。艾丽一愣说，教小孩画画？马龙敲了敲脑壳说，谁知道他想干吗。艾丽一屁股坐在椅子上说，你说他这么大个人，能不能不想到一出是一出，能不能不折腾？马龙说，艺术家嘛！艾丽说，艺术家个屁！

过了大半个月，马虎回来了，胡子拉碴，精神抖擞。见到马龙，马虎激动地说，马龙，你相信我，我找到人生的意义了。马龙说，哥，你先别意义了，赶紧回去吧，嫂子都急坏了。马龙开车送马虎回家。刚打开门，一只鞋子就飞了过来，接着，艾丽撕心裂肺的声音就传了过来：你还知道回来呀，啊？马龙赶紧拉住艾丽说，嫂子，你别，我哥这不是回来了？马虎却笑了笑，看着艾丽平静地说，我回来收拾一下东西，顺便也跟你说一声，我马上就走。艾丽一下子愣在那里，马虎转过身说，艾丽，你不懂的。

虚花

第二天，马虎、马龙还有艾丽一起上了飞机，然后下了飞机，接着，坐了十一个小时的火车。火车在高原上缓慢地行进，速度大约三十公里每小时。下了火车，天都黑了。他们又坐了一个多小时的汽车。第二天早上，他们爬了四个小时的山，终于到了一个村里的学校。马虎像回到家一样说，就是这里。马龙和艾丽对视了一眼。四周都是山，没完没了的山。他们在马虎狭窄的宿舍待了一个晚上，马虎说，你们走吧，我要在这儿待一段时间。马龙说，哥，这儿也太偏了吧。马虎笑了起来说，偏了好，安静，没人打扰。马龙说，哥，那你还画画吗？马虎说，画，怎么不画！我就是来教画画的。马龙说，那好吧。艾丽瞪了马龙一眼，马龙拉了拉艾丽说，嫂子，咱们走吧。艾丽一步一回头，表情幽怨得厉害，但还是跟着马龙走了。他们都知道，马虎决定了的事情，他们俩改变不了。

等马龙和艾丽走了，马虎在床上躺了下来。宿舍很小，到处都黑乎乎的，是烟熏火燎的痕迹，他却很喜欢。半个月前，他还在海城混日子，现在却在高原上。这感觉有些神奇，像一个梦。马虎还清楚地记得和马龙喝酒的情景，他说要给人生找点意义。他记得他找了一大帮朋友出来喝酒，到处跟人宣称他要走了。

广州美人

第二天醒来,他觉得他真的该走了。他把话说得那么大,那么斩钉截铁,不走,面子挂不住。马虎没跟艾丽说一声就走了。他以为他不会走多久,他到哪儿去教小孩画画啊?他上了飞机,下了火车,绕着云贵高原转悠。在高原上转了一个多星期,他始终下不了决心。直到走到甸布村,看到那棵大树,他决定留下来。

他走进学校,找到校长说,你们这儿要老师不?校长看了他一眼,笑了起来说,我们这儿只有两个老师,我们要不了那么多老师。马虎说,我来教画画,我是个画家。说完,马虎补充道,我不要钱。校长说,你会画画?马虎说,我是个画家。校长又看了看马虎说,像,看着像。马虎说,要不,我给你画个像吧?校长说,那好。校长是个三十来岁的年轻人,看起来却像四十多了。他整了整衣领,坐在马虎面前。很快马虎就画完了。校长看了马虎一眼说,好,蛮好,像。马虎笑了。校长说,我叫冉爱国,你叫我冉校长就好了。马虎伸出手说,我叫马虎。校长说,你来做美术老师也蛮好,我们这儿一直没有音乐和美术老师,待遇太差了,没人愿意来。说完,又问,你真不要钱?马虎说,真不要。校长说,那好,那好。说

虚花

完,把马虎带进教室,向同学们介绍说,这是你们新来的美术老师,姓马,你们叫马老师。

在学校待了十几天,马虎回了一趟家,想带几刀宣纸、墨和毛笔。 马虎本来是画油画的,国画是爱好。甸布村不方便,画油画太麻烦了,国画简单些。 走的时候,马龙和艾丽非要过来看看,说不看看不放心。他们就来了,又走了。 马虎心里踏实下来,他想他大概会在这儿待很久。

学校来了个新老师的消息很快传遍了村寨,动不动就有人跑到学校看新鲜。 马虎头发长,招眼。 校长说,马虎,你把头发给剪了吧,村里人没见过世面,看你觉得怪呢。 马虎说,好。 回头他就把头发给剪了。孩子们以前没上过美术课,马虎也没教过画画。 实际上,他根本不知道如何教这帮孩子画画。 他想,那就让他们随便画吧。

上课时,马虎很少教他们画画,多半时候,是他画给孩子们看,画一些树、猴子、狗什么的。 他一边画一边问,好看吗? 孩子们大声叫起来,好看,好看,马虎就觉得满足了。 孩子们从来没见过人画画,更让他们觉得奇怪的是,马老师画画的时候,还要往毛笔上蘸水。 当马虎的线条落到纸上,那富有浓淡变化的线

93

广州美人

条让孩子们惊讶得张大了嘴巴。马虎想,他们大概是第一次见到这样的线条。马虎画一些简单的山水、花鸟,用写意的笔法。

晚上没事,马虎会和校长一起喝酒,玉米烧一入喉,就像一团火灌进了身体。校长说,马虎,你还真是个好老师。马虎就笑。校长说,孩子们都很喜欢你。马虎说,是吧?他们好像有点怕我。校长笑了起来说,那是他们跟你还不熟,等他们跟你熟了你就知道了。马虎也笑了起来说,大概吧。校长酒量不大,半斤的样子,根本不是马虎的对手。喝了点酒,校长兴致也高了起来。他说,马虎,你干吗要到这儿来呢?马虎说,我觉得有意思。校长说,有什么意思?马虎说,我觉得特别踏实,特别有意义。校长说,就这学校?就这儿?有个狗屁意义。马虎说,可我觉得挺有意义。校长说,马虎,要不是放不下这些孩子,我早走了。我他妈三十多了,还是光棍呢。马虎睁大了眼睛。校长说,老婆跟人跑了,你说算不算光棍?马虎说,那算。校长笑起来说,咱们不谈这个了,来,咱们唱歌。马虎说,我不会唱。校长说,那我唱,你听吧。马虎说,好。校长就开始唱,唱的是什么,马虎听不大明白,校长用的是土话。马虎觉得

虚花

好听，特别好听。校长的声音有些沙哑，操场上空月光皎洁，星光点点。歌声在夜色中飘荡开来。这是高原，夜晚，连绵的群山变得肃穆，村寨遥远，灯光像是挂在天上。马虎突然有些想哭，他觉得他的嗓子有些哑，浑身乏力，绵软，他想，是群山和这份肃穆打动了他，他所追求的意义就在其中。

和校长说的一样，半个月后，孩子们就和他熟了，他们拿马虎的毛笔，抢马虎在课堂上画的画。他们说，马老师，你知道神笔马良吗？马虎说，知道。他们说，马老师，神笔马良也跟你一样吧？马虎说，神笔马良比我本事大，我画的东西不能变成真的。他们说，你画的比真的好看。马虎问，为什么？他们说，不知道，反正就是好看。他们说，马老师，你给我们画个老虎吧，我们没见过老虎。马虎就画一只老虎。他们说，马老师，你给我们画架飞机吧，我们没见过飞机。马虎就画一架飞机。他们说，马老师，你给我们画一座高楼吧，很高很高的楼。马虎就画一座楼，高得都进到云层里了。

不上课时，马虎就到处转转。现在，他已经熟悉了整个甸布村。他的速写本上画满了甸布村的景色，包括那些山、树、牛和羊。甸布村不大，民居稀散地

广州美人

分布在几个山坡上。村民们看到马虎会打个招呼,递根烟,把脖子伸长,看马虎在画什么。更多的时候,他们好奇地看着马虎,大概在猜想他到底想干什么。马虎觉得他们小心地和他保持着距离,他试图走进他们的世界,但也许永远不可能,反过来也一样。

在学校,除了上课,马虎无事可干,就画画。校长有时候在旁边看,有时候不看。有天,看马虎画完画,校长突然说,马虎,我们明天去喝酒吧。马虎说,好啊。校长说,不是跟我喝,跟村主任喝。马虎愣了一下说,村主任?校长笑眯眯地说,是啊,村主任。你来了也几个月了,村主任一直想请你喝酒,又怕你不去。马虎笑起来说,去,干吗不去!校长说,好,那好。说完,校长找了个学生说,你回去跟村主任说一声,说我和马老师明天晚上去他家喝酒。

马虎去了之后才发现,场面有些大。村主任家门口摆了三张桌子,到处都是人。马虎和校长坐下后,酒席就开始了。要在以前,马虎会觉得菜并不丰盛:熏鸡、腊肉、干笋、一条小小的鲤鱼,还有几个炒蔬菜。但他已经半个月没吃肉了,口水都快下来了。他一坐下,酒席就开始了。喝了几杯,村主任说,马老师,本来早就想请你来喝酒,又怕你看不起我们的饮

虚花

食。马虎说,哪儿有的事,好得很。村主任笑眯眯地说,那就好。听校长说,你是个画家?马虎说,算是吧。村主任说,那你会不会画像?马虎说,只会画像不算画家。村主任说,那你比画像的高级?马虎笑了笑,这不是高级不高级的问题,艺术家和画匠不同。村主任端起酒杯说,马老师,你说的我听不懂了。来,我们喝酒。喝了一杯,村主任又问,马老师,我们这里画一幅像要五块钱,你画一幅画能卖多少钱?马虎说,那得看质量。村主任说,一般的呢?马虎想了一下说,油画的话,十万左右吧。马虎说完,村主任就笑了,望着马虎笑哈哈地说,喝多了,喝多了。马虎也笑了起来。跟村主任喝过后,村民一个接一个地过来敬酒,马虎很快就喝高了。酒席散后,马虎和校长都没走,坐在院子里和村主任聊天,村民围了一圈。酒精在马虎的身体里迅速地运动,让马虎的思维也混乱起来。聊了一会儿,马虎突然说,村主任,我们搞个画展吧。村主任愣了一下说,画展?马虎有些激动,站了起来说,对,画展。我画一些画,我们搞个画展,就在学校操场上搞。原始、野性,多好!村主任说,搞个画展有什么意思?马虎被村主任问得愣住了。

广州美人

第二天，马虎醒了，找到校长说，校长，我昨天是不是说要搞个画展？ 校长笑眯眯地说，你喝多了。 马虎摸了摸脑袋说，我是喝多了。 不过，我觉得搞个画展有点意思。 马虎说得很认真，他本来以为校长会问他，搞个画展有什么意思嘛？ 校长却什么都没问，他说，你想搞你就搞嘛。

接下来半个月，马虎忙着为画展做准备。 他画了七幅画，有三幅山水，还有四幅花鸟。 他想，有这些就够了。 马虎给每个孩子发了一张宣纸说，你们画吧，随便画点什么。 他从孩子们的画中挑了二十幅。 接下来，就是布展了。 装裱是不可能的，马虎把那些画粘在纸板上，用铁丝做了一些钩子。 他想，等哪天天气好，没风，在操场上挂根绳子，把画挂上去就行了。

正式展出那天，整个甸布村的人都来了，学校被围得水泄不通。 这大概是全世界最简单的画展了。 一根长长的绳子上，挂着二十七幅画，大大小小，像一件件衣服。 村民们围着画指手画脚，为画上画的到底是哪儿争得面红耳赤。 马虎站在人群中，他想，如果马龙和艾丽在这，估计会心疼得吐血。 马虎的目光从人群中穿过去，他看到肃穆的群山。 这大概是甸布村最热

虚花

闹的一天，也许五十年后还有人记得。他们会告诉他们的孩子，甸布村曾经来过一个画家，他在甸布村搞过一次画展，那是一次多么有趣的画展啊。村主任也来了。看完画展，村主任找到马虎说，马老师，你画得太好了。我在县城里看过人家画画，比你画得差多了。村主任说，马老师，我敢打赌，你的画就算卖不了十万，起码也能卖五百块钱。马虎笑了起来。

画展结束后，村主任找到马虎说，马老师，你帮我画一幅中堂吧，我要在堂屋里挂起来。马虎说，好啊，你想画什么？村主任说，你给我画一个万里长城，长城上有一只仙鹤。马虎说，画这个干吗？村主任有些不好意思地说，古话说了，不到长城非好汉，你给我画一个，我就当到长城了。马虎说，那仙鹤呢？村主任说，仙鹤吉祥，好看。马虎说，好，那我就给你画长城仙鹤。村主任高兴地走了。马虎把长城仙鹤图送给村主任时，村主任又请马虎喝了一次酒。村主任说，马老师，你是个大画家，我佩服你。

马虎的日子好过起来了，动不动有人请马虎喝酒。喝完酒，请酒的就略带羞涩地说，马老师，你能不能给我画幅画？马虎说，好。对他来说，这太简单了。不外乎松竹延年、寿星老头，要不就是送子观音。问

广州美人

题是带来的纸越来越少了。

好在暑假很快就到了。孩子们放假了,马虎在学校里无事可干。他在甸布村附近转了大半个月,想着该回一趟海城了。临走前,马虎找到校长说,校长,我要回海城了。校长说,那你还回来不?马虎说,回,当然回。校长说,那好,我还担心你不回来了呢。说完,校长看了马虎一眼说,马虎,其实我蛮羡慕你,你过得自在。你看你在大城市,你想到我们这儿来就到我们这儿来,想干什么就干什么。我就不行,我想去海城,可是我去不了。去了,我也活不下来。不像你,你在我们这儿一分钱不要,活得还比我们自在。马虎说,要不,你跟我去海城看看?校长笑了起来,我去不起,去一趟海城,一年的工资就没了。马虎说,你人去就行了,别的,我负担。校长说,那怎么好意思!马虎说,有啥不好意思的,我赖你这儿半年了,都没不好意思呢。校长说,那不一样。马虎说,有啥不一样,就这样说定了。

马虎在学校睡了一觉,天就亮了。马虎在等校长,校长一来,他们就可以走了。快到下午时,校长回来了,让马虎意外的是,村主任也跟在后面。看到马虎,校长有些不好意思地说,村主任听说你要带我去

虚花

海城,非得跟着一块来。 村主任横了校长一眼说,马老师,你说,你到甸布村后,我对你咋样? 马虎说,很好,非常好。 马虎说完,村主任得意地看了校长一眼说,你看,我就知道马老师是明道理的人。 说完,村主任说,马虎,我觉得你这个事情做得不对。 你带冉校长去海城却不带我去,这就不合适了。 我怎么说也是一村之长。 要是我不同意,你能在我们学校里教书? 马虎连忙摇头说,不能,那哪儿能。 村主任接着说,你要带冉校长去,我不反对,但我作为一村之长,有责任,也有义务去海城向你家人表示一下感谢,你说是不是? 马虎说,村主任,你太客气了。 村主任说,本来还有很多村民要去,我都挡住了,我说,我作为一村之长,有我做代表就够了。 你们去了也没用,没见过世面,连话都不会说。 马虎连忙说,那太不好意思了,太不好意思了。

回到海城,马虎帮校长和村主任找到酒店,安顿他们住下,出去取了两千块钱塞给村主任说,这点钱你们拿着零花,我先回去一下。 回到家,安抚好艾丽,马虎给马龙打了电话。 马虎说,马龙,我回来了。 甸布村来了两个人,你帮我接待一下。 马龙说,好。 马虎休息了两天,养好了精神,他想,该好好请村主任和校

广州美人

长吃个饭了。

饭局很隆重。马虎回来了,还带了客人,马龙组织了一帮朋友。饭桌上的气氛很热烈,马虎却觉得有些恍惚,他觉得他还是更喜欢甸布村一些。村主任和校长都喝多了。送村主任和校长回酒店的路上,村主任搭着马虎的肩膀,喘着粗气说,马老师,马老师,你是活在天上的人,你是天上的人,你跟我们不一样。马虎扶着村主任说,村主任,你喝多了。村主任说,马老师,我没喝多,真没喝多,你就是天上的人。跟你比,我们连蚂蚁都不如。马虎说,你看你说到哪儿去了。村主任说,马老师,你弟弟,就是马——马龙,带我们在海城转了两天,海城就是天上。他还带我们看了你的画,你的画,好。在甸布村,你说你的画能卖十万,我说你吹牛。现在看,你——你是谦虚。你是个大画家,你是天上的人。马虎说,狗屁,都是吹的。村主任挣扎着站起来,红着眼睛看着马虎说,马老师,不是狗屁,你就是天上的人。我回去就告诉村里人,你是天上的人。

村主任和校长在海城待了一个礼拜就走了。在车站,村主任拉着马虎的手说,马老师,你一定要回来,我代表甸布村欢迎你。说完,村主任看了校长一眼

虚花

说，孩子们也喜欢你，他们还等着你教他们画画呢。马虎说，回，肯定回。等开学了，我就回。校长站在边上一言不发，似乎想说点什么，最终还是什么都没说。车快开时，校长突然探出头说，马老师，你要是忙，就别回来了！马虎说，什么？村主任扯了校长一把说，没啥！说完，朝马虎招了招手说，马老师，我们走了，你记得回来！马虎说，好，我肯定回。车很快开出了车站。

在海城待了一个多月，马虎重新回到了往日的生活。马龙说，哥，你还去甸布村吗？马虎说，去，当然得去。马虎给马龙描述夜幕下的群山、校长的歌声，和他在甸布村搞的画展。马龙想了想说，哥，你是个艺术家，我不是。不过，我觉得有些事情做过就行了。你别把画画给荒了。马虎看了马龙一眼，慢慢把目光投向天空，悠悠地说，世事于我如粪土。

马虎一回到甸布村，村主任就来了。村主任拉住马虎的手说，马老师，你可回来了。我们等你等得心焦。马虎笑了起来，说，至于吗？村主任说，怎么不至于？你是不明白我们对你的情谊。村主任请马虎去他家喝酒。马虎说，我收拾一下，宿舍几个月没人住，脏得很。村主任接过马虎的旅行包，放在地上说，你别收拾了，明天我找人帮你收拾。我们去喝酒，你带我去海城，我得好好谢谢你。

跟第一次比，这次酒席的排场要小得多，只有村主任和几个村民。马虎没看到校长，他问，校长呢？村主任说，校长家里有事，还没到学校。别管他了，我们喝酒！村主任很热情，村民也很热情。马虎很快就醉了，跟上次不一样，他感觉眼前一黑，然后就什么都不知道了。

等马虎醒来，他发现自己睡在一个陌生的房间里，房间收拾得很干净，宽敞、明亮。马虎揉了揉眼睛，有些晕，脑子里雾腾腾的。他努力想站起来，身子却有些发软。他想，他昨天是真的喝多了。马虎努力想回忆起昨天的情景，却发现什么都想不起来，他是怎么醉的，又是怎么躺下的，完全一片空白。马虎又在床上躺了一会儿，等觉得身上有些力气了，他下了床，但双腿依然没有力气。他拉了拉门，门没有开。他又用力地拉了几下，门依然没有开。马虎边拍门边喊，村主任——村主任——。很快，有人跑了过来，打开门说，马老师醒了？马虎有些不好意思地说，喝多了。说完，就往外走。走了几步，马虎被人拉住了。他说，马老师，你不能走！马虎说，怎么了？没人回答

虚花

他。马虎扭头朝四周看了一眼,门前还有两个年轻人。开门的人给马虎倒了杯水说,马老师,你喝水,我去叫村主任。

没过几分钟,村主任来了。一看到马虎,村主任就说,马老师,对不住。马虎说,没事,我就这德行,一喝就多。说完,马虎说,我先回学校了。村主任看了马虎一眼说,马老师,你不能走,你只能待在这儿。马虎又朝四周看了一眼,他看到几双羞惭的眼睛。村主任给马虎递了根烟说,马老师,你知道我们村穷,其实我也不想这样,但是没办法。马虎说,你想干吗?村主任说,我知道你的画值钱,你画一张画,我们要干几辈子。你也不忍心看着我们受穷吧?马虎有些明白了。村主任接着说,我们也不为难你,你给甸布村每家画一幅画,海城那样的画,我们就放你走。这对你来说容易,对我们来说你就是积了大德了,菩萨也会保佑你。马虎笑了起来。村主任说,你笑什么?马虎说,你看到的那是油画,在这儿没办法画油画。村主任说,那我不管,反正你画个差不多的就行了。马虎说,那好。村主任走之前回过头对马虎说,马老师,你想吃什么、喝什么,就跟他们说,我们不亏待你。我们杀牛宰羊也要把你伺候好。

广州美人

马虎被软禁了。他整天在房间里、院子里画画。那些画很怪异，幽深、神秘，散发出邪恶的气息。甸布村一共有六十二户人家，马虎画了六十二幅画。画完了，马虎把画交给村主任说，你数数。接下来半个月，马虎什么都没干，不是睡觉，就是坐在院子里数星星。群山依然肃穆，马虎却觉得有些荒谬，他好像是在一个故事中。村主任又来了，他抱着一堆画，垂头丧气。他说，马老师，你得帮我们把画给卖了。马虎说，你拿着画去海城找马龙吧。说话时，马虎望着远处的一棵大树。大半年前，正是那棵大树让马虎选择了甸布村。

「 身体咒 」

　　李坦用一个左肾换了一个老婆。他的左肾，如果按市场价来算，顶多也就值五万，即使再翻一倍，也不过是十万。区区十万，恐怕连老婆的一只胳膊都买不到。他老婆是博士，读的是医学，现在是海城最著名的外科医生。老婆长得很瘦，却并不干，是苗条的那种瘦，全身看上去都很匀称。至于李坦，就没什么好说的了，不仅长得普通，学历也低，他读的那学校，说出来简直没脸见人。至于混得如何，那就更没什么好说的了。大学毕业十六年了，要房没房，要车没车。在外人看来，李坦能讨到老婆已属侥幸，讨到那么好的老婆，说上辈子没做好事，简直没人信。

　　他必须感谢那场车祸。那场车祸，虽然撞没了李坦的左肾,但给李坦撞来了一个老婆。李坦清楚地记得那天的情景。天气很好,浅蓝的天空飘着白云,李坦开着车去苑城。本来,李坦是不用开车的,他属文员岗。但那天,公司的司机都出去了,而苑城的货又必须在下午四点前送到。办公室里的文员多是女的,剩下两个男的又不会开车,送货的任务毫无意外地落在了李坦身上。经理让李坦去一次苑城时,李坦还有些不情愿。现在想起来,只能说是天意。

　　草草吃了盒饭,李坦开车出发了。一路上都很顺利,车快进入苑城时,经过一个岔道,他要拐一个T形的弯。就在那会儿,他听到了一声响,那响声如此巨大,伴随着剧烈的振荡,以致他觉得他的身体爆炸了。听完那声响,李坦就失去了记忆。等他醒过来,已经是三天后了。他隐约知道自己是在病房,看见穿着白色大褂的医生、护士走来走去。又在医院待了半个月,他知道,他出车祸了,身体别的部位问题不大,但他的左肾是彻底地废了,只能摘除。知道这个消息时,李坦的第一感觉是完了,彻底完了。作为一个男人,他知道肾的重要性。他已经三十八岁了,却还没结婚,无车无房,现在,他还少了一个肾,这意味着他的未来已经没了。

身体咒

出了院，公司还算仗义，不但报销了全部的医疗费用，还给了他三个月的假。经理说，如果三个月不够，那就再休息一段时间，总之，等身体好了再来上班。休假的那几个月，李坦没一天过得舒服，他担心他的肾。现在，他只有一个肾，经常无来由地感觉腰酸背疼。摸着左腰那条切口，他想，我现在只能算半个男人了。他有过一个女朋友，跟他一起待了五年。他凭的不是别的，而是两只强健的肾，生活中的狼狈被床上的欢乐取代了。即便如此，女朋友还是跟他分手了。他难以想象只有一个肾的生活。手术后六个月，李坦发现他从未勃起，更不要说有其他想法，这让他觉得恐惧。洗澡的时候，李坦努力想让它像往常一样起来，却觉得力不从心。即使略有勃起，跟以前比，也是天上地下了。

回到公司，李坦发现同事看他的眼光也不一样了。以前，即使少，也有人替他介绍女朋友。现在，没了。他偶尔去仓库帮忙，同事也变得体贴了，不让他搬重物，顶多让他拿着个登记簿计数，这以前是女同事干的活儿。下班之后的酒局，也没什么人喊他了。就算他主动去了，摆在他面前的永远是一杯果汁，或者白开水。这他妈的算什么日子！

广州美人

很快,一年就过去了。李坦觉得全身都不舒服,一想到他的身体内少了一个肾,他就精神不起来。去看医生时,他告诉医生,他觉得不舒服。说完,他拉开衣服,指着左腰的伤口说,我出过车祸,我的左肾被切除了。医生看了他一眼,意味深长地说,那也是没办法的事情,以后,很多事情要注意一点。其实,一个肾也没什么大不了的,基本生活还是没问题的。放下病历,医生说,你最好找一下当时摘除你的肾的主刀医生,他对你的情况会比较熟悉。

医生的话让李坦愣了一下,然后,他像明白了什么一样。是啊,一个人摘除了他的肾,他救了他,同时也改变了他的生活,他说什么也应该知道他是谁。李坦拿着病历说,不好意思,请问是哪位医生?医生又翻了一下李坦的病历说,王珉王医生,你出去问一下就知道了。

找到王珉医生时,李坦有点意外,他没想到王珉是个女的。站在王珉面前,李坦说,王医生,你摘了我的肾。王珉抬了一下头,看了李坦一眼说,我?李坦说,嗯,去年我出车祸,你把我的左肾摘了。王珉又看了李坦一眼说,我不记得了,每年做那么多手术,谁能记得那么多事儿?说完,对李坦说,你去做个B

超，看情况怎样了。做完 B 超把诊断报告单拿过来给我看看。

等李坦拿回 B 超诊断报告单，王珉看了一眼，皱了一下眉说，你的？李坦点了点头。王珉把单子扔给李坦说，你是不是很无聊？我很忙，没时间和你开玩笑。李坦看了看王珉，也急了，说，我怎么无聊了？我怎么就无聊了？你把我的左肾摘了，你现在说我无聊了？你知道吧，啊，你知道吧，我的左肾没了，我天天腰酸背疼。我酒也不喝了，烟也不抽了，我还没结婚，这辈子也完了。王珉看都没看李坦一眼说，你两个肾都好好的，没事回家，别闹了。王珉一说完，李坦瞪大了眼睛。两个肾都好好的？这怎么可能，他的左肾明明是被摘掉了。李坦赶紧把病历递给王珉说，王医生，我不骗你，真的，真的，我的左肾真的被摘掉了，不信你看，你看嘛，上面都有写的，你查查我的资料，你一看就知道了。说完，他又拉开衣服，露出左腰的伤口说，你看，伤疤都在呢。王珉看了眼李坦的左腰，仔细看过李坦的病历后，说，你跟我来。王珉带着李坦直接去了 B 超室。看完李坦的 B 超检查，王珉对李坦说，你先回家吧，晚点我打电话给你。

大约下午六点，李坦的电话响了，是一个陌生的号

广州美人

码。电话接通时，王珉的声音传了过来，王珉说，晚上有空没？一起吃个饭，我请你。约好时间地点，李坦洗了个澡，梳了一下头发，换了身干净的衣服。王珉预订的是一个西餐厅，桌子和椅子都是木质的，有舒缓的音乐。李坦赶到时，王珉已经坐在那里了。见到李坦，王珉朝李坦招了招手。李坦闻到了王珉身上淡淡的香水味。脱掉了白大褂，王珉看起来亲切很多。坐在王珉对面，李坦发现，王珉其实挺好看的，她脸色红润，头发又直又黑，有天鹅一样的脖子，脖子上挂着一条细细的链子。顺着链子看下去，可以看到王珉嫩白的皮肤。

王珉要了份牛扒，问李坦要点什么，李坦说，一样，也来份牛扒吧。王珉说，叫瓶红酒吧，这儿的红酒挺好的。李坦脸色一下暗了下来说，我不喝酒。王珉说，没事的，少喝点就行。牛扒上来了，酒也上来了，王珉往李坦的杯子里倒了点红酒。李坦本来想阻止，想想还是算了，一杯酒嘛，喝就喝了。再说，他很长时间没喝酒了，也想喝一点。王珉和李坦碰了下杯说，真奇怪，我做了这么多年医生，从来没见过这么奇怪的事情。李坦摇了一下杯子说，怎么奇怪了？王珉笑了起来说，李坦，你说我把你的左肾摘了，但我看

身体咒

B超图时发现，你确实有两个肾，完好无损。李坦的嘴巴张成了O形。王珉接着说，我查了你的资料，你的确是做了手术，我后来想了想，我是做过这么一台手术。看着李坦，王珉说，李坦，你是个奇迹，我没办法给你解释，但你确实有两个肾。跟李坦碰了下杯，王珉说，明天你有空到医院来做个全面检查，我再仔细看看。干杯！

第二天，李坦又去了医院，抽了几大管血，做了几种叫不出名字的检查。等检查完，一天也快过去了。看过检查报告，王珉说，李坦，你真是个奇迹，你身体的各项指标都很好，简直接近完美。从医院回来，李坦觉得像是在做梦。

他又去了几个医院，所有的医生都告诉他，他有两个健康的肾。拿着一叠检查报告，他相信了，他确信他又有了两个健康的肾。这是一个简单的检查，他相信一个医院可能会搞错，但不可能所有的医院都搞错。李坦觉得，所有的力气都回到了他的身上，他精神抖擞。在确信自己有两个肾的那个晚上，李坦在花洒下，一遍又一遍地冲洗身体，他觉得自己又回到了精力最充沛的时候。躺在床上，李坦觉得这种感觉实在太好了。

113

广州美人

王珉一直保持着与李坦的联系。刚开始,王珉也不相信李坦真的摘除过左肾,她觉得他不过是在无理取闹,那样的患者,她见得多了。但后来,她不得不相信,李坦的确摘除过左肾,但他又长出了一个全新的、更具生机的左肾。这是个奇迹,医学所不能解释的奇迹。作为一个医学博士,王珉相信科学,她知道肾脏和指甲不一样,是不具备再生能力的。在她面前,一个奇迹正在呈现。

他们的联系多了起来。如果下班没有别的安排,王珉会给李坦打个电话,一起吃个饭,或者逛一下街。王珉三十九岁,还没结婚。她谈过恋爱,好几次都接近结婚,却始终没有勇气结婚,她不知道她究竟是在恐惧或者抗拒什么。李坦是个普通的男人,放在任何一个地方,都不显眼。但现在,她对李坦产生了难以遏制的兴趣,或许仅仅是因为一个左肾,一个难以解释的左肾。

至于他们结婚,不管是李坦还是王珉都没有想到。他们一起在李坦家吃过一次饭。李坦的房子是租来的,收拾得还算整齐,桌子、椅子擦得干干净净,连灶台都见不到一点油渍。李坦炒了几个菜,味道说不上好,也说不上差,就那样吧。王珉喜欢干净的男人,

身体咒

看着李坦在房间里忙进忙出,她觉得舒服。

吃饭时,他们喝了点酒。 收拾完餐具,又在一起看了两张碟。 看完碟,说了一会儿话,就凌晨两点多了。 王珉没有走的意思,李坦也没有睡的意思。 李坦说,要不,我们再喝点酒吧? 王珉说,也好。 酒让他们都放松下来,沙发上的两个身体越靠越近。 跟王珉碰了一下杯,李坦说,要不,你就睡我这儿吧,挺晚了。 王珉没说话。 李坦把手伸了过去,搂住王珉的腰说,别回了。 王珉往李坦怀里靠了靠,李坦放下杯子,把王珉搂在了怀里。

完事后,李坦看了看床单,又看了看王珉。 王珉从床上坐起来说,我第一次。 李坦的头一下子大了。 王珉笑了笑说,怕了? 李坦连忙说,不是,不是。 王珉又说,挺意外吧? 李坦点了点头。 接着,李坦听到王珉说,李坦,我们结婚吧,你不小了,我也老了,都该结婚了。

李坦用一个左肾换了个老婆,他感谢那场意外的车祸。 如果没有那场车祸,李坦还是个光棍。 结婚快三个月了,每次半夜醒来,看到躺在身边的王珉,李坦都会感叹,生活也太不真实了。 李坦很少见到上班时候的王珉,没事他不去医院,即使去医院等王珉,他也是

广州美人

在医院门口等，这辈子，他不想去医院了。

和李坦领证后，王珉说，你到我那儿住吧。李坦还有些不好意思，王珉拉了拉李坦的手说，结婚了就是两口子，别想那么多了。第一次走进王珉家，也是他未来的家时，他感叹道，人和人的区别真是太大了。他毕业十六年，什么都没有。王珉读完博士，出来不到十年，房子、车子，什么都有了。和王珉躺在床上，李坦掐了一下自己的大腿，疼，真疼。他确信他不是在做梦。他有了一个博士老婆，不用租房了，谁说这时代没有爱情、没有奇迹，扯淡！

生活中的王珉温柔、和善，说话都是轻声细气的。一结婚，王珉就把工资卡给了李坦，王珉说，以后家里就你来管钱了，我不爱管钱，也管不好。李坦有些不好意思。王珉又说，钱其实不重要，两个人在一起过得开心就行了。李坦连连点头，他不可能说不是。因为这些原因，李坦在床上很卖力，他想，他能报答王珉的也只有这个了。面对李坦的热情，王珉不拒绝，也没有特别享受的意思，即使到了紧要关头，她的反应也只是皱皱眉，咬着嘴唇。李坦一边亲王珉的脖子，一边说，你叫啊，你可以叫出来的。王珉不吭声，等做完了，王珉说，我不好意思。

身体咒

　　他们的婚姻生活和别人的婚姻生活没有太大的不同，至少李坦觉得没有什么不同。他还是按时上班、下班。不同的是他有了一对健全的肾，还有一个博士老婆。公司的同事聚在一起时，也会跟李坦开开玩笑，说，老李，你还上个什么班，回家伺候老婆不就行了？也有人猥琐地凑过来说，老李，博士搞得爽不爽？李坦就笑，不说话，他懒得说。

　　李坦从认识王珉到和王珉结婚，前后的时间不到五个月，按流行的概念说，这叫闪婚。李坦觉得无所谓，闪就闪吧，不到最后一刻，谁知道谁和谁结婚呢？有人不是说过吗，婚姻就像鞋子，舒不舒服只有自己知道。李坦觉得挺舒服，倒不是因为觉得占了便宜，他就算再落魄，也是个男人，不至于贱到这个地步。李坦一直喜欢知性女性，以前，他没好意思说，就他那条件，还想找知性女性，简直是扯淡。现在，一个典型的知性女性就站在他面前，给他的茶杯里倒水，躺在他身边，让他爬上去……他知足了。至于王珉本人，他觉得有些看不透，她的眼睛里似乎有一层雾，缺少热情，但每一个动作又让人无可挑剔。那种礼貌，或者体贴里，透着生分。李坦有过女朋友，他知道，如果一个女人真的爱一个男人，她总会撒撒娇的，总会有孩子气的时候。王珉没有。想到这儿，李坦心里略略觉得有点不舒服。他希望王珉和他结婚是因为爱情，没有这个理由，婚姻显得荒谬。没错，他快四十岁了，王珉也不小了，他们需要婚姻。如果仅仅是需要，他们并非完全没有选择。时间还长，李坦想到了床上那朵红色的花，她可能还不会爱，他们还有足够的时间去解决这个问题，这是可以解决的。

一晃一年就过去了，李坦慢慢习惯了这种生活。唯一让他觉得有些失望的是王珉不肯怀孕，她说，她年龄太大了，而且，她不想生孩子。李坦是喜欢孩子的，一个家庭，如果没有一个孩子，总显得残缺。每次和李坦做爱，王珉都会准备好安全套，仔细地给李坦戴上。即使李坦做足了前戏，王珉的身体已经起了反应，她依然会在李坦进入之前给李坦戴上安全套。她的动作一丝不苟，像是在做手术。有时候，李坦会央求王珉，这次就不戴了，安全期，没事的。王珉依然摇头，她说，我是医生，我比你懂。李坦说，那最后再戴吧。王珉坚决地说，不行。

大概是三月的某一天吧，天略略还有点冷。李坦下班回到家，王珉还没有回来。他看了一下日历，王珉不值班。他正想给王珉打个电话时，听到了钥匙插

身体咒

入锁孔的声音,赶紧过去打开门,看见王珉提着一大堆菜站在门口。见到李坦,王珉说,你帮我拿一下,累死了。李坦看了看,有虾、螃蟹,还有一条黄鱼,都是李坦喜欢的。李坦说,什么日子,买这么多好菜?王珉笑了起来说,也不一定非得什么日子,想买就买了。李坦说,无事献殷勤,非奸即盗,肯定有事儿。王珉说,算你聪明,是有事儿。李坦把菜放到厨房,说,说吧,有什么事儿?王珉说,先吃饭,吃完饭再说。

晚餐的气氛很好,他们喝了点红酒。好像有很长时间,他们没在家里喝酒了。王珉的脸上略略有点红,看起来更漂亮,李坦的心里动了一下。吃完饭,坐在沙发上,李坦搂着王珉说,现在可以说了吧?王珉侧了个身,靠在李坦身上说,我有点事儿想求你。李坦摸了一下王珉的脸说,傻瓜,两口子有什么求不求的!王珉抬起头望着李坦说,李坦,你到底爱不爱我?李坦说,爱,当然爱了。王珉说,那是不是我要你干什么事情你都愿意?李坦说,只要你不是要我死,我都愿意。王珉亲了李坦一口说,我就知道你愿意的。李坦笑了笑,绕这么大弯子,现在可以说了吧?王珉坐正了身体,一只手摸着李坦的脸说,李坦，我从来没求过你。你知道，我求你肯定是大事儿，特别大的事儿。王珉的表情很严肃，让李坦有些紧张，他说，你说吧。王珉放下手说，我也不知道该怎么跟你说。是这样，怎么说呢，你知道周市长吧？李坦说，知道，海城就这么几个市长，哪能不知道。王珉说，你应该知道的，周市长是主管医疗线的，跟我们医院联系特别密切。李坦望着王珉，王珉平时很少跟他谈工作上的事情，也不过问他工作上的事情。王珉说，李坦，我真有些不好意思说。李坦说，没事，说吧，说吧。王珉咬了一下嘴唇，说，是这样，周市长的肾坏了，要摘掉，移植一个新的肾。说完，看着李坦。李坦的头皮一下子麻了，他像是看到一个巨大的阴影从他头上罩下来。尽管如此，李坦还是强作镇定地说，他的肾坏了跟我有什么关系？王珉说，我比对过你们的资料，你们的肾配型非常成功。李坦看着王珉说，那你想怎样？王珉垂下眼睛说，我不逼你，你自己想想。李坦叫了起来说，什么叫你不逼我？那是一个肾啊，你知道吧，肾啊！那不是阑尾！王珉瞟了李坦一眼说，刚才还说什么都肯做，还没做就开始叫了。李坦猛地往沙发上一靠，他有点绝望。

身体咒

　　一直到上床,两个人都没有说话,房间里气氛异常的阴沉,像是随时会有一场大雨劈头盖脸地浇下来。上了床,李坦突然转身压住王珉,猛烈地亲吻她,他像野兽一样撕下了王珉的睡衣,又脱光了自己的衣服。快要进入时,王珉伸手想去拿安全套,李坦压住了王珉的手说,我要你给我生个孩子。王珉一边挣扎一边说,李坦,你疯了,我说过我不要孩子。李坦骑在王珉身上说,我要你给我生个孩子,你明白吗? 王珉看了李坦一眼,小心翼翼地问,你同意了? 李坦俯下身压在王珉身上,他感觉王珉的身体变软了,双腿慢慢张开……

　　进入手术室,快要打麻药了,李坦朝王珉招了招手。王珉走了过去,用力握了握李坦的手说,放心,你是我老公,我不允许出现一点差错。李坦摇了摇头说,我不是跟你说这个,你说的话要算数。王珉点了点头说,算数。李坦扭过头说,开始吧。

　　出了医院,李坦觉得特别虚弱,全身没有力气。他的右腰有了一道伤痕,和左腰的完全对称。王珉半天上班,半天在家里照顾李坦。她说,李坦,你放心,手术很成功,不会有事的。就算只有一个肾,也不会影响我们的生活,我还是你妻子。李坦摸着伤口说，你要记得你说过的话。王珉说，我记得，等你好了，我们马上就要孩子。李坦说，上帝是公平的，你不要以为每次都有奇迹发生，现在，我只有一个肾了，我不知道我什么时候才能好起来。王珉亲了李坦一口说，你别这么绝望，你既然能长出一个左肾，那么，应该也能长出右肾。李坦勉强笑了笑说，你真乐观。

做完手术，每隔半个月，李坦去医院复查一次，这是王珉的主意。她说，我要你好好的，你不能出任何事情。到了第四个月，王珉拿了一张B超诊断报告单递给李坦说，看到了吗？李坦说，看到什么了？王珉指着照片上一处蚕豆大的光斑说，这里，它长出来了。李坦愣了一下说，我的右肾？王珉说，是的，如果不出意外，它应该是你的右肾，现在还太小，再过几个月就知道了。又过了两个月，王珉指着B超诊断报告单欣喜地说，我说了，它还会长出来，你又有两个健全的肾了，它们还是新的。李坦心里没有一丝喜悦。是的，他又有了两个健全的肾，他又和以前一样了，除了右腰多出一条伤疤。这次，他宁愿这个该死的右肾不长出来。

李坦的肾长出来了，王珉的肚子一如既往地瘪着，没有一点怀孕的迹象，她的月经像日历一样准

身体咒

时、规律。王珉说，李坦，我年龄大了，要怀孕很难了。李坦没有再戴安全套，但没用，他的精子像水一样流进王珉的身体，又像水一样消失，没有留下任何痕迹。

李坦的右肾长出来后不久，他觉得他的肝开始疼了。这次，他坚决拒绝了王珉的建议，不肯去看医生。他说，我宁愿死了，也不去看医生了。我知道，你们会把我的肝也切了。王珉说，李坦，你怎么会这么想？你生病了，就应该去看医生，上次是个意外。李坦望着王珉说，我觉得像个阴谋。王珉说，你要这么想，我也没办法。但是你要明白，你是我丈夫，你死了，我有什么好处？李坦说，我不管，我不能让任何人切除我的内脏，它们是我的，我有这个权利。王珉说，那好吧，我随你。

疼痛一天比一天剧烈，李坦觉得这是报应，上帝是公平的，他给了你一个身体，那么，你得尊重它，不能利用它。剧烈的疼痛让李坦的腰都直不起来，他用手按住肝部，他想，他的肝估计是坏了。坚持了两个月，李坦妥协了。他不想死，他才四十岁。李坦瞒着王珉去了另一家医院，化验结果表明，李坦的肝坏了，同时坏了的还有他的胆。医生说，胆还可以摘除，但

广州美人

肝就没有办法了。拿着化验单,李坦知道了什么叫绝望。他听说过太多肝的故事,一般来说,如果肝坏了,那么这个人剩下的时间就不多了。

回到家,李坦把化验结果递给王珉说,我的肝坏了,我的胆也坏了,我快要死了。王珉看完化验单说,李坦,其实我们可以试一试。李坦笑了起来,他指着王珉的鼻子说,你的意思是把我的肝和胆都切了?你见过切掉肝还能活的人吗?你以为肝是阑尾?你以为肝也有两个,切了一个还有一个?王珉说,我不这么以为,但如果不做手术,你一点希望都没有。而且,王珉停顿了一下说,既然你能重新长出两个肾脏,那么,你也有可能长出一个全新的肝。李坦大声笑了起来,他笑得那么大声,好像听到了全世界最可笑的笑话。王珉放下化验单严肃地说,我觉得你可以试一下。

又撑了一个月,李坦被王珉强行推进了手术室。在手术室里,王珉切除了李坦四分之三的肝脏和完整的胆囊。做完手术,李坦在医院住了整整四个月。那四个月,他躺在床上,一动不动。即使手术半个月后,他能够起身走动了,他也懒得动一下,一个多么巨大的玩笑,上帝给了他一个内脏切除后可以重新生长的身体。

身体咒

他已经知道，他的肝和胆已经开始生长，如果不出意外，半年后，他将重新拥有健康的肝和胆。王珉告诉李坦这个消息时，脸上的表情是兴奋的。她说，李坦，我现在可以确认你的身体具有强大的再生功能，这意味着你不用惧怕任何疾病。当然，为什么会这样是一个谜，如果能解开这个谜，你知道吗？你会拯救人类。李坦摇了摇头说，我不想拯救人类，我只想要一个正常的身体，正常地活着，正常地死。

李坦辞去了工作，他整天窝在家里不想出门。辞职之前，公司里已经有风言风语了，他们说李坦是个卖肾的，他有一对切了又长的肾。既然有这么一对宝贝肾，还上个鸟班。这种说法让李坦抬不起头来，他觉得没脸见人。他从来没有卖过肾，但人言可畏。一个人待在家里，也是无聊的。透过家里的窗子，他可以看到外面的天空，偶尔有鸟儿飞过去，树顶都在脚底下。家里有电脑，他可以上网，还可以打游戏。但他对这些没有兴趣，一个从来不出门的人，知道那么多信息一点用都没有，他甚至不需要酒后的谈资。至于游戏，他年轻的时候就不喜欢，而打牌、下棋那些高智商的活动显然又不适合他。他和王珉之间的话越来越少，这并不是说王珉不理他了。实际上，王珉的话越

广州美人

来越多,她给李坦讲医院的故事,讲她看到的新闻,同事之间的八卦。她的这些努力都没有用,李坦很少回答她,他关心的是,他为什么会有一个这样的身体。而这个问题,王珉还不能回答。

他想,他和王珉之间大概快完了。还是在家里,李坦站在阳台上看风景,远处有山,有暗淡的河水。听到门铃声时,李坦以为他听错了,这个时候,一般没有人会到他家里来,王珉下班还早呢。门铃又响了一次,这次,李坦确定是他家的门铃响了。他打开门,一个年轻的小伙子站在门口问,这儿是王珉家吗?李坦点了点头,小伙子塞给李坦一个快递,又递给他一支圆珠笔说,麻烦你签收一下,谢谢。李坦签上名,又关上门。收完快递,李坦给王珉打了个电话说,我帮你收了个快递。王珉说,我的快递?李坦说,嗯。王珉说,什么东西?李坦说,不知道,没写。王珉说,奇怪,好像没人给我寄东西。李坦说,要不我帮你打开看看?王珉说,行,你看吧。我忙着呢,晚上回家再说。

李坦拿了把剪刀,剪开信封,里面除开十本杂志,什么都没有。李坦翻了一下,全是英文,他看不懂。在目录里,他看到了"Wang Min",他想,大概是王珉发了篇文章吧。好奇心让李坦翻了翻王珉的文章，文章的英文太专业了，李坦看不懂，他打开了电脑。过了三个小时，李坦大约明白了，他的脸一阵阵地发热，没想到，真没想到，他觉得他要疯了。他查了一下"The Lancet"的意思，是柳叶刀，进一步查询的结果告诉他，《柳叶刀》是世界顶级的医学杂志。李坦摸了摸他的腰，又摸了摸他的肝部，他觉得疼。

王珉回到家时，李坦正坐在沙发上，天已经黑了，房间里没有开灯。李坦听到了王珉开门的声音，他坐在沙发上没动。王珉进门打开灯，看到坐在沙发上的李坦说，你吓我一跳，我还以为你不在家呢！看了看李坦，王珉说，你怎么了？李坦指了指茶几上的杂志说，我看了。王珉迅速地扫了一眼杂志，没有说话。李坦望着王珉说，你还有什么好说的？王珉挨着李坦坐下说，事情不是你想的那样。李坦叫了起来：不是我想的那样？我怎么想了，你知道我怎么想了？王珉咬着嘴唇。李坦往沙发上靠了靠说，王珉，你老实告诉我，你是不是一直在研究我？王珉摇了摇头说，事情真不是你想的那样。李坦指着杂志说，那你说，你到底是什么意思？王珉说，我知道我对不起你，我应该告诉你，我不告诉你，也是为你好，我怕你接受不了。李坦说，那我现在就接受得了？李坦按了按太阳穴说，王珉，我挺难过的，真的，特别难过。我觉得你跟我在一起就是为了研究我，你从来没有爱过我，你是为了研究我才跟我结婚的。王珉抓住李坦的手说，不是的，我是爱你的。一开始，我没想过要研究你。只是后来——李坦打断王珉的话说，你还是在研究我，是不是？说完，李坦看着王珉，恶狠狠地说，王珉，我的肝和胆是不是你故意弄坏的？一切都在你的控制之中，是不是？你太可怕了。王珉还想说点什么，李坦说，你别说了，什么都别说，我不相信。

李坦想死的心都有了。他以前还有点相信的爱情，现在看来都是狗屁。这个女人可能从来都没有爱过他，一点都没有，他在她的眼里，只是一只有特别意义的小白鼠。就是她，亲手摘除了他的两个肾、一个肝，还有一个胆。如果不是因为这本杂志，说不定有一天，他的胃，他的脾，都会被她切掉。这太可怕了，也许从一开始，他就掉进了一个陷阱，只是他不知道罢了。

王珉请了假，在家里陪他。王珉说，我们出去散散心吧，你不是一直想去旅游吗？李坦说，我不去，

身体咒

我想死。 王珉说，别傻了，活得好好的，干吗要死？以后的日子还长着呢。 是的，日子还长，但这种日子李坦不想再过了。 他的感觉告诉他，他身体好得很，但绝望。 以前，看到那些切掉胆，或者切掉肾的人，他会想，如果切了还能长出来，那该多好。 这些以前看起来荒谬的想法，在他身上一一实现，他并不觉得欢乐。 两个人在家里待了半个月，王珉忍受着李坦的坏脾气，说话小心翼翼，害怕一不小心就伤到了李坦。他们很少出门，家里的食物没有了，就打电话给楼下的超市，让他们给送上来。 其实，他们吃得很少，每次吃饭都像是一个不得不进行的仪式。 两个人都明显地瘦了，王珉的颧骨突了出来，盆骨显得更加宽大，腰就更细了。

假期的最后一天，王珉说，李坦，我明天要上班了，我们不能一直待在家里，总得干点什么。 李坦转过头，看着王珉，像是考虑了很久一样，慢慢地说，王珉，我求你个事情。 王珉有点意外，李坦和她说话了。 王珉往李坦怀里靠了靠说，你说，只要我能做到的，我肯定答应你。 李坦摸了摸王珉的脸，她又瘦了。 李坦说，你肯定可以。 王珉说，要是你想出去散散心，我再请一下假。 李坦说，不是这个。 说完，捧

广州美人

起王珉的脸，严肃地说，我想请你把我的心也摘了。李坦刚说完，王珉就哭了，她说，我知道我以前对不起你，我错了，你别这样好不好？我难过。李坦理了一下王珉的头发说，傻瓜，你想多了。我只是想知道，没有了心我还能不能活。王珉一边摇头一边说，我不要，李坦，我们生个孩子，好好过日子好不好？以前的事就算过去了，好不好？李坦说，我想试试，而且，如果你的手术成功了，你会创造一个奇迹。王珉一边哭一边说，我不要，我什么都不要了，我们一起生个孩子，好好过日子。李坦抬起头，看着窗外说，除非你答应把我的心给摘了。

这是第几次进手术室，李坦懒得去想了，他现在只想把他的心给摘了。主刀医生依然是王珉，她熟悉李坦身体的每一个角落。躺在手术台上，李坦感觉到安静，那种感觉久违了。手术室的灯光很明亮，李坦看到了包裹得严严实实的王珉，她的腹部微微凸起。这一年来，李坦都在为王珉的肚子而努力，现在她的肚子终于大了，里面有一个生命正在生长。怀孕期间的王珉一次又一次把李坦的手放在她的肚子上，她相信李坦能感觉到里面的胎动。她说，李坦，我们不做手术了好不好？李坦坚定地摇头，他说，如果你不把我的心

身体咒

给摘了，我就把我的动脉切了，我不相信一个人流尽所有的血还能活着。 王珉说，你这又何必呢？ 你看，你现在有了一个孩子，我们可以过得很好。 李坦说，我只是想知道，我的心是不是也可以摘掉。 李坦朝王珉招了招手，王珉走了过来，俯下身对李坦说，我们不做了好不好？ 李坦把手放在王珉的腹部说，我再摸摸他。 小家伙动了一下，又动了一下。 李坦笑了起来说，他真好动。 说完，闭上眼睛说，开始吧。

广州美人

「 魔鬼书法家 」

老谭一个下午都在往窗外看,窗外是山,大大小小的树密密麻麻的,让人看不远。老谭的单位在半山腰上,风景可以说是极美的,从外观上看,像一个疗养院,只是门口的四个大字有些煞风景——"蓬莱仙岛"。没事,这地儿没人愿意来,来的多半也哭哭啼啼。用老谭的话说,他这辈子听到的最多的人声就是哭了。老谭单位附近是妇幼医院,每天一大帮孩子哭哭啼啼来到人间。两个哭地儿凑一块儿了。地方是好地方,老谭从不邀请朋友去他单位玩,这话没法说。要是人家问一句,你单位在哪儿啊?"殡仪馆"三个字能让人当场翻脸。哪儿不好玩,去殡仪馆玩。

三点四十分,老谭站了起来,在办公室来回踱步,他还没想好晚上要不要约几个朋友一起喝几杯。平常,老谭是没这个情绪的,他不爱请人吃饭,尤其不爱和陌生人吃饭。碰到人家问他是哪个单位的,他总觉得不舒服,被逼得没办法了,就说,在民政局。这个回答也不算骗人,殡仪馆是民政局下属单位。要是有不识趣的还要接着问,老谭的脸就有些挂不住,往往会冒一句,你关心这个干吗?倒不是老谭觉得自己的工作有什么对不住人的,有人不是说过嘛,工作只有分工不同,没有高低贵贱之分,都是为人民服务。问题不在老谭,而是听的人一听说老谭在殡仪馆工作,脸色就变了,好像明天就要把他拖去烧了一样。老谭见不得那个脸色,心里就骂,有本事你就别死,死了也别拿去烧。你嫌老子晦气,老子还嫌你烦呢。

老谭有几个固定的朋友,也算是酒搭子,闲着没事儿,就聚一块儿喝点。老谭喜欢和他们喝酒,放松嘛。再且,这么多年朋友,大家知根知底,没什么顾忌,饭桌上说什么,喝多少都没关系,反正谁都送过谁回家,谁都见过谁酒后失态的样子。更重要的是,他们见到老谭,都是搂搂抱抱,嘻嘻哈哈的,让老谭觉得没压力。老庞还给老谭推荐过书,说有个美国佬写了本《殡葬人手记》,好东西,真是好东西,一个劲儿地

广州美人

推荐给老谭看。老谭懒得看，老庞见老谭一次问老谭一次。老谭只好推托说，找不到，这书买不着。老庞一听，拍着胸脯说，下次我带给你，我有。下一次，再见到老庞，书没带，他也不提这话了。再下一次，当然还是没带，这事儿就算过去了。老庞、老余、老谭，再加上老马，这一桌子人就算齐了。快四点了，老谭还是给老庞打了个电话，晚上一块吃饭吧。老庞说，好。又问，就我们俩？老谭说，你叫一下老余和老马。老庞说，好。

等老谭赶到地方时，老余和老马已经到了，正坐在那儿喝茶。天有些热，他们就坐在马路边上。老谭他们身边是一张接一张的桌子，太阳一落下去，这些桌子就搬出来了，气势磅礴地摆在马路边上。抬眼望过去，还能看到褐色的云霞、树木和屋顶。老余和老马都脱了衣服，光着膀子在那儿聊。老谭也把汗衫脱了，三个中年男人，都略略有些发福，黄白的肚皮软塌塌地鼓起来，像菜市场上被摔死的青蛙。刚喝了杯茶，老庞就到了，还带了一个人。见到老谭，老庞说，介绍一下，我朋友符强兵，公安局的，你们叫他老符就行了。老谭站起来，礼貌地和老符握手，心里隐隐有一丝不悦。他本来想找几个朋友喝酒，现在冒出

魔鬼书法家

一个外人，让他觉得有些不方便，很多话就不好说了，这场酒估计也喝不舒服了。老余和老马倒是无所谓，笑眯眯地和老符打招呼。后来，和老符熟了。老符还经常拿这个取笑老谭，他说，老谭，我们第一次见面，你好像不太欢迎我嘛！老谭说，哪里有的事！老符就笑，指着老谭说，虚伪，虚伪！

本来，老谭约老庞他们几个喝酒也是有事儿要说的。说起来也是高兴的事儿，老谭的书法在省里拿了个奖，还有三千块钱的奖金。哥儿几个，有日子没聚了，正好找这个理由聚一下。平时，老谭很少给他们打电话，原因有二：其一，他日子过得不宽裕；其二，虽说是朋友，他还是怕人家忌讳。一般情况下，是别人打电话给他。人都坐下了，那就什么都别说了，该喝喝吧，该聊聊吧。由于老符，老谭表现得不太活跃。老庞说，老谭，喝嘛，你干坐那儿干吗？说完，像想起什么事儿一样对老符说，对了，老符，忘了跟你介绍，老谭，著名书法家。老庞一说完，老符赶紧举了杯子说，幸会幸会，书法家啊，那可牛逼了，我那几个字写得见不得人，以后要多向你学习。这是老符和老谭喝的第一杯酒。酒喝下去了，老谭也慢慢放松了。几圈下来，老庞说，老谭，难得你请我们喝酒，

广州美人

有事儿吧？老谭笑了起来说，也没什么事儿，拿了个小奖，约哥儿几个聚一下。老庞、老余和老马一听，就来劲儿了，说，那得祝贺一下，来来来，喝酒！再到后面，气氛就热烈了。大家都拍着肩膀称兄道弟，别的什么事儿都忘了。酒到酣处，老符忽然举起杯子对老谭说，老谭，听说你在殡仪馆上班？老谭愣了一下，老符笑嘻嘻地说，老谭，你这个工作牛逼啊，人家管生，你管死，我们这帮老家伙迟早有一天要到你那儿报到。老符这么一说，老谭觉得舒服了。本来就是嘛，人哪儿有不死的，生生死死多正常的事情，有什么好忌讳的嘛！话题转移到了生死方面，大家也都放开了。老谭兴致也起来了，喝了几杯酒，笑嘻嘻地说，等你们死了，送到我那儿去，我给你们打个八折，找个美女给你们化化妆。一桌人都笑起来了说，老谭，就冲你这句话，我们再敬你一杯，为了八折，为了美女！

喝完酒，老谭也就把这事儿给忘了。该上班上班，该下班下班，有空就练练书法。进殡仪馆之前，老谭在一家公司当文员，整天抄抄写写，无聊得很。无聊倒是其次的，关键是收入不高，老谭一大家子，日子过得紧巴巴的。幸好老谭还有一门手艺，字写得不错。在这个小城市，老谭算是著名的书法家了。经常

魔鬼书法家

有人请老谭写个字,然后给个红包。钱不多,三百五百的,两百的也有。老谭也不嫌少,反正写个字,也就是举手之劳,有三五百总比没有的好。再后来,殡仪馆招人。刚开始,老谭没往那个方向想。还是老庞跟他说的,说民政局要找个懂书法的,他推荐了老谭。老谭听了一愣,民政局找懂书法的干吗?老庞挠了一下头说,老谭,我就跟你直说吧,殡仪馆要找个人写挽联。老谭不屑地说,殡仪馆找人写挽联关我什么事?老庞说,老谭,你可别这么想,人家是正式聘用,事业单位编制呢。要不是有懂书法这个门槛,多少人抢着去呢。老谭说,那是他们的事。老庞摇了摇头说,老谭,我问你,你在公司做个小文员,一个月拿多少钱?老板还把你当狗一样呼来喝去的,有意思吗?不如找个安稳的去处。老庞说完,老谭说,我想去,人家也不一定要我嘛!老庞说,这个你放心,我找找人。回到家,老谭把这事跟老婆说了一下,老婆倒是想得开,说,能去就去嘛,到哪里不是挣钱养家。再说了,要是真只写个挽联,还蛮快活呢。见老婆这么说,老谭有些心动了,就给老庞打了个电话。

让老谭意外的是竞争还很激烈。就一个岗位,几十个号称懂书法的报名,还有几个说是书法学院毕业的。照例是填表,填完表,每人现场写了一幅字。负责招聘的人说,你们回家等消息吧,就把他们给打发了。回来后,老谭也没抱什么希望,他觉得其实无所谓的,反正他也不是多想得到那份工作。老庞却表现得比他更积极一些,还特地约了殡仪馆的馆长出来吃饭,言辞恳切地推荐老谭,说老谭不光书法写得好,文章也好,那是一专多能,哪儿都用得着。也许是老庞的推荐起了作用,老谭最终还是去了殡仪馆上班。收入比以前确实是提高了,也稳定了。更重要的是,他是个有编制的人了。这意味着,只要他愿意,他可以干这份工作直到退休,而不用像以前一样提心吊胆的,生怕哪天工作就没了。

老谭就这样进了殡仪馆,殡仪馆有殡仪馆的规矩。人得严肃一点,不能整天嘻嘻哈哈的。来殡仪馆的都是有亲友去世的伤心人,人家心里难过,你还嘻嘻哈哈,那要不得。老谭的工作确实是写挽联,挽联写不了那么多,他还有空闲的时间,就顺便把秘书的工作也干了,写写汇报材料、领导发言稿什么的。多半的时间,老谭没什么活干,就在办公室练书法,大大方方的,不用躲着什么人,这也算是他工作的一部分,说大一点,算是爱岗敬业。办公室宣纸是没有的,报纸不少，每天邮递员送一大沓过来呢。老谭就用报纸练书法，桌子边上放了一大堆字帖，从《多宝塔碑》到《爨宝子碑》一应俱全。让老谭难受的是写挽联跟写书法是两码事，写书法基本上不受纸张的限制，爱写大一点写大一点，爱写小一点写小一点；但挽联不同，挽联一般都比较窄，字得写得细长，而且多半是楷书。老谭的字原本是肥胖的，多是行草，现在得改。时间一长，老谭发现就是他平时写的时候，也不自觉地把字写长了。刚发现这个问题时，他还有点苦恼，再后来，就想开了，长就长一点嘛，也没什么大不了的。

　　原来，老谭经常参加本地书法界的一些活动，比如展览、评奖，甚至春节回报市民义务写春联什么的。进了殡仪馆，刚开始老谭也参加，后来参加得就少了。书法界的朋友不叫他是一回事，去了几次他也觉得无趣，人家面前多少有几个人，他面前鸟都没一只。不是老谭字写得不好，是人家心里还是有疙瘩。搞艺术，搞书法，多风雅的事情，一扯到殡仪馆，就变得有些阴森了。老谭一想，去他妈的，那就不玩了！

　　生活中的朋友，剩下的基本都是死党。比如老庞、老余和老马。他们几个算是闲人，年轻时多少赚下了些钱，投资了一些产业，买了房子、铺面，收收租

广州美人

混混日子也就完了。人到了这个年纪，大的追求也谈不上了。老庞喜欢喝酒，而且经常喝多。老谭在殡仪馆隔三岔五要值班，值班时动不动接到老庞电话。老庞说，老谭，你在干吗？老谭说，值班。老庞说，我过你那儿喝酒。老谭说，好，等你。没一会儿，老庞就来了。老庞是老谭的朋友中唯一一个来过殡仪馆的，而且来的还不是一次两次。倒不是说他家里经常死人，没有的事。他喜欢去老谭单位喝酒。到了老谭办公室，老庞就很感慨，说，老谭，你在这儿，什么道理都该明白了，什么都该放下了。老谭说，是，那是。

　　老谭值班都是晚上，老庞过来时多半月亮都明晃晃的。两个人就到外面，就着花生米喝酒。月光洒在树上，让树都成了银灰色，地面的灰尘都看不见了，显得特别干净。风从树林中吹过去，周围一个人都没有，安静得只能听见他们两个说话的声音。喝完酒，按照惯例，老庞会到停尸房外看看。老谭也不阻止，跟着他一起去。从停尸房的窗户往里面看，一具具尸体安静地停放在那里，面上盖着白布。每次到停尸房，老庞总是感慨，老庞说，老谭，你看，这些人生前可能有很风光的，也有连饭都吃不饱的，你看，现在他们都摆在那儿,有什么区别吗? 什么都没有,死了就什么都没了。 老庞说的时候,老谭就点点头。 老庞说的这些道理,他都懂。 他就在殡仪馆工作,天天看到的就是这些,没可能不比老庞明白。 等送走老庞,老谭多半睡不着。 他也会想一些问题。

　　老庞再打电话给老谭,说老符想请老谭吃饭,老谭一下子没想起老符是谁。 老符是谁? 老庞说,老谭,你不是吧,老符你都不记得了? 我一朋友,公安局的,前段时间还一起吃过饭呢。 老谭一拍脑袋说,哦哦哦,我想起来了。 一想,又问,他干吗请我吃饭? 老庞说,你别管了,先过来吧。 照例是老庞、老马和老余,还有老符和老谭。 饭桌上,老符说,老谭,我家里新装修了,我想请你给写幅字。 老谭一口就回绝了,这个我不写,我帮你找人写吧! 老符却不依不饶地说,老谭,我当你是兄弟了,我才找你写。 老谭说,不是这个意思。 你知道吧,不合适。 老符说,怎么不合适了? 我就不明白怎么不合适了? 老谭说,反正我不写。 老符急了说,老谭,我是个共产党员,也是个无神论者,我不管你是干什么的,我就冲着你这个兄弟,我请你写,就看你给不给这个面子。 老谭说,老符,这不是面子的问题。 老符说,那是什么问题?

老谭能有什么问题,他总不能说他自己觉得自己的字晦气吧。

饭局散了。老庞拉过老谭说,老谭,这个你真不能怪我。我跟老符说了,他非要请你写,他说他就认定你了。老谭对老庞说,老庞,我还是觉得不合适。老庞想了想说,老符自己无所谓,你能写就写了吧。

字最终还是写了,为了写老符这幅字,老谭还特地买了极品四尺净皮。这么好的纸,老谭平时是舍不得用的。写点什么,老谭也费了一些心思,写个"春花秋月"什么的,老谭觉得太俗了。想了半天,老谭写了《金刚经》里的一句,"凡所有相,皆是虚妄;若见诸相非相,即见如来"。写完后,老谭放心了。即使人家有什么想法,他有这句话,也算是做了交代。

由于这幅字,原本四个人的圈子变成了五个人。老庞自然乐意见到这种场面。老符把字裱了。房子装修好后,老符约老谭还有老庞几个人去他家吃饭。一进门,老谭就看到他的字,稳稳当当地挂在客厅墙上。老谭站在字面前,认真看了一会儿,上面的提款、印章和字都是他的,他却觉得有点不真实。那天晚上,老谭喝高了。再后来,老谭和老符就成了哥们儿。老符说,老谭,你还是没有放开,你心里紧得很。老谭说，老符，我怎么看，你都不像个警察。

等到过年，老谭回了趟家。出来这么多年了，老谭每隔两三年回一趟家。不算多，也不算少。老谭老家是贵州的，山区，别的没有，山上野物还是有一些。从老家回来时，老谭特地给老符带了一条腊麂子腿。以前，和老符一起吃饭，老谭给老符讲过他老家，还有年轻时候打猎的事情。老谭说，他年轻的时候，山上到处都是野物，随便去山里转一下，总能打到点东西。老符是江汉平原的，除了兔子、刺猬，没见过大的野物。老谭说，那太可惜了，那些东西真是好吃，现在想吃也吃不到了。老谭说得老符口水都出来了。老谭就笑，说过年我回去，要是碰到，我给你带点过来。老符说，那可好。回到家，老谭还记得这事。到村里一问，还真有。老谭就买了两条麂子腿，一条留给自己吃，另一条他准备送给老符。

一回来，老谭背着包连家都没回，就直奔公安局。到了公安局门口，老谭对门卫说，我找老符。门卫说，你找哪个老符？老谭说，符强兵。门卫从上到下看了老谭几眼说，他走了。老谭愣了一下说，那他什么时候回来？门卫又看了老谭几眼。老谭有些不耐烦，你看我干吗？我身上有宝啊？我找符强兵。门

广州美人

卫说，他走了，回不来了。老谭有些生气，你这人怎么这样，我找个人，你阻三阻四的干吗呀？说完，老谭说，我给他打个电话。老符的电话关机。老谭还是不甘心，说，那我进去等他。说完，就往里走。门卫一边把老谭往外推，一边说，你这人怎么这么不讲理呢？我说了，他走了，回不来了。老谭说，什么叫回不来了？他就不来上班了？门卫也生气了，死了，明白吧？死了！老谭一脚踢到门卫身上，大过年的，人家跟你有什么仇怨，要咒人家死！门卫一边躲闪，一边说，真死了，不信你去他家里问。老谭身上一下子麻了，人也僵住了。

老谭赶紧给老庞打了个电话，声音都在发抖，老庞，老符走了？老庞说，走了。前两天我给你打电话，你手机打不通。老谭是怎么回去的，他不记得了。一个大活人，说没就没了。过年前，他们几个还一起吃饭呢，老符生机勃勃的。

回到单位，老谭看见了老符，他安静地躺在那里，脸色蜡黄。老庞和老余、老马以及一堆老谭不认识的人站在那里。老庞告诉老谭，就在前两天，老符执行任务，被人一枪打到胸口，抢救了两三个小时，没抢救过来。老谭给老符写挽联，送花圈的人很多，老谭写了半个上午,一撇一捺,工工整整。写完对联,老谭突然想起了他们第一次喝酒的情形。那会儿,老谭说,等你们死了,送到我这儿来,我给你们打八折,找个美女化妆。一想到这儿,老谭头皮又是一麻,他扇了自己一个耳光。

老谭给老符送了个花圈。送完花圈,老谭去找馆长。馆长开着电脑在玩游戏,见了老谭,馆长示意老谭先坐下。老谭在沙发上坐下,点了根烟。等老谭的烟差不多抽完了,馆长的游戏也打完了。馆长看了老谭一眼说,老谭,脸色不太好啊!老谭掐掉烟头,抹了一把脸说,有点累,没什么大事。馆长笑了起来,给老谭扔了根烟说,今天有空到我这儿坐会儿?馆长的话里有点讽刺的意思。在平时,老谭是很少去馆长办公室的,除非有事,比如交材料,或者签字什么的。老谭岁数不小了,骨子里却还是有点傲气,用老庞的话说,半吊子文人,总是酸不拉叽的。馆长对老谭其实不错,出去吃饭,应酬,总是喜欢叫上老谭。要是换了别人,这种机会求都求不得,老谭却不是。有空有心情就去一下,没空没心情就不去了。馆长见人就说,我们单位的人才,书法家,文章也写得好。馆长的这份情谊,老谭心里还是领的,面上却很少表现出来,说起来还是有点放不下。

　　馆长离开办公台,转到沙发上挨着老谭坐下,给老谭倒了杯茶,边倒边说,你找我肯定有事,说吧! 老谭舌头抖了一下,有些说不出口。 馆长拍了拍老谭的肩膀说,说吧,只要我帮得上的。 老谭犹豫了一下,在进来之前,老谭已经犹豫半天了,还是决定进来。老谭说,老板,这样,能不能给符强兵打个折? 馆长愣了一下,你什么意思? 话说出口了,也就没什么障碍了。 老谭说,老板,外面那个,公安局的,能不能给打个八折? 馆长放下茶杯说,老谭,你没喝多吧? 老谭说,没,我好得很。 馆长说,好得很,你说这种混话? 什么叫给打个折? 老谭给馆长倒了杯茶,老板,这个不好说。 馆长说,有什么不好说的,打折就好说了? 我还没见过死人也讨价还价的。 老谭咬了咬牙说,老板,是这样。 老谭把事情说了一遍,等听完,馆长指着老谭,一副恨铁不成钢的样子,老谭啊老谭,你让我怎么说你呢? 什么玩笑不好开,开这种玩笑,我看你怎么收场。 老谭低着头说,老板,这个忙请你一定帮了。 馆长喝了口茶,想了想说,这样吧,规定项目物价局定的,我想少也不能少。 自选项目打八折。 老谭抬起头说,老板,这样不行。 馆长说,怎么不行？老谭说，我答应的是八折，这样一来就不是八折了。馆长急了，你怎么这么死心眼呢？你说八折不就是八折？谁知道呢？老谭说，我自己知道。馆长说，那我就没办法了，我只能做到这样了。老谭低声下气地说，老板，我求你了，要不然，我死了都没脸下去见他。馆长板着脸说，不要说这种话！

空气有点冷，两个人都没说话。过了一会儿，老谭说，要不这样，所有费用你给打八折。该给的钱我给，程序上就麻烦你了。馆长看着老谭，指点着老谭说，老谭啊老谭，你让我怎么说你呢！从馆长办公室出来，老谭松了口气，心里默念了一下，老符，对不住，我也只能这样了，你在地下也不要怪我。

老符这事过去了，老谭更加不爱出门。老庞打电话给他，他也很少去了。他实在是不想去。每天一下班，老谭就回家。看看电视，看看书。在单位的时候，老谭偶尔也出来转转，东走走，西看看。单位的每一个角落他都是熟悉的。院子里的那棵榕树是越来越大了，叶子细密，树干上垂下无数的根须，像一张张网。这些根须没有一根落到地上，它们都在半空中飘浮着。即使落到地上，它们也无法落地生根，水泥地面太坚固了。从院子里望过去，依然是密密麻麻的树

广州美人

影。 如果转一个方向，可以看到远方灰白的城市，红色或者褐色的屋顶。 从高处看下去，城市低矮，房子像一个个的小方格，墙几乎都是白的，或者镶嵌着闪闪发光的玻璃。 人们都生活在那一个个的小方格当中，欢乐、悲痛、疲惫，不一而足。 最终，他们都将来到这里，装进一个更小的盒子，完成他们的一生。

老谭有更多的时间练字了。 他觉得他的书法路子有点野，到了该修身养性的时候了。 他买了些佛家的典籍，时不时读读。 《殡葬人手记》也买了，作者是一个美国人，托马斯·林奇。 老谭从头到尾认认真真读完了，掩上书，老谭觉得，他算不上一个合格的殡葬人。 有些东西，他想得太浅了。 写字的时候，老谭经常能飘起来，那一撇一捺似乎都有故事。

本地的书法圈，老谭彻底不掺和了。 这种状态对老谭来说，也许是最合适的。 他时不时会想起老符来，老符喝酒非常爽快，人也是。 自始至终，老谭都没弄明白，他和老符是怎么好起来的，他们似乎并没有说太多的话，更没有说什么掏心窝子的话了。 说不清楚，真是说不清楚，这和爱上一个女人一样，没什么道理可言。 老庞还时不时给老谭打个电话，也还会到老谭单位喝酒，话却是越来越少了。 有一天，老庞对老谭说，老谭，你说，我们要是真死了，那会怎么样？老谭说，真死了，就什么都没了，就无所谓了。 老庞说，话是这样讲，只要我们还活一天，哪儿能真无所谓呢？ 树林中的鸟儿扑棱扑棱地飞起来，一眨眼就看不见了。

大概有好几年时间，周围的人似乎都把老谭忘了。等他们再想起老谭时，老谭已经不是当年的老谭了，他成了著名的书法家。 那几年，老谭在国内的书法圈声名鹊起，行家认为老谭的书法看似笨拙，却很有禅意。各种各样的说法铺天盖地，老谭自己很少说话，也拒绝解释。 有熟悉的书法家问起，他淡淡地说，我就是写字，我不懂书法。 老谭几乎不出去活动，每天上班、下班、写字，在网上和搞书法的同行做做简单的交流，参加一些省外的展览。 等老谭的书法拿到"兰亭奖"后，本地又有人请老谭参加活动了，请他写字的人也慢慢多起来了。 他们说，老谭的字参透了人生，可以用来辟邪。

「 鲸鱼记 」

杜若白走到海边,闻到了浓烈的腥味,海水从远方撕咬着扑向岸边。 太阳快要落下去了,远方一片绯红。 一连几天,杜若白心神不宁,他看着大海,想发现点什么,海面还是蓝的。 杜若白从海边回来,他对妻子说,我到山上去看看。 妻子看了看杜若白苍白的脸说,你怎么了? 杜若白皱了皱眉头说,我感到有些不对劲。 妻子停下手里的活计,搓了搓手说,哪里不对了? 杜若白说,你闻到海里的味道没有? 妻子用力地吸了几口气说,和以前没什么区别,腥。 杜若白摇了摇头说,你没闻到腥味越来越重了? 听杜若白说完,妻子笑了笑说,海水一直都是腥的,你应该习惯了。 杜若白摆了摆手说,腥味越来越浓了,怕是有事

鲸鱼记

情要发生。我去山上看看。

从海边到山顶,只有一条蜿蜒的小道,平时走的人少,灌木丛几乎把小道覆盖了。杜若白穿过灌木丛走到山顶,太阳已经落了下去。他站在山顶,看着澎湃的大海,远方的海水是灰色的,近处白蓝。海风刮在杜若白的脸上,他隐约闻到一股浓烈的腥味,夹杂在海风中。那味道若有若无,游丝般飘过。杜若白有些不安,他觉得有事情要发生了。在山顶转了半个时辰,杜若白下山了,腥味一直缠绕着他。

晚上吃饭,杜若白端起碗问妻子,你真没闻到腥味?妻子笑了笑,海风哪一天不腥?有时浓些,有时淡些。吃完饭,放下碗,杜若白对妻子说,我出去走走。杜若白去了海边。夜晚的大海只剩下单调的浪涛声,海面上浮动着神秘的光辉。杜若白看了看月亮,橘红的一轮挂在天上。海腥味、橘红的月亮让杜若白更加不安。他想,怕是有大事要发生了。

一连几天,海风里夹杂着的腥味让杜若白心神不宁。他试图闻出这腥味和平时的腥味有什么不同,直到有一天,他想起了他的童年。那是夏天,祖父过世,天气大热,祖父出殡那天,他跟在后面,闻到了一股不同寻常的臭味。回到家,他问父亲,那是什么味道。父亲摸了摸他的头说，人死了，就会有那种味道。回想起当时的味道，杜若白吓了一跳。回到家，他对妻子说，怕是要出大事了。妻子问，若白，你到底怎么了？杜若白说，我想起来了，那不是腥味，是尸臭。杜若白说完，妻子吓了一跳，你是说海里死人了？杜若白摇了摇头说，我不知道，应该不是海里死人了，如果死了人，这么多天，也该冲到岸边了。我去海边看过，很干净，什么都没有。杜若白望着妻子说，你真的一点也闻不到？妻子嗅了嗅说，只闻到腥味，其他的闻不出来。

　　岛是一个小岛，零零碎碎百来户人家，到大陆坐船要三四个时辰，这还是顺风顺水。杜若白到岛上十年了，和他一起来的还有三四个人，代表国家驻扎在岛上。这十年，杜若白早已习惯了海风的味道，他吃鱼、各种贝类。由于强烈的光照和海风的侵袭，他原本白皙的皮肤变成了枣红色。岛虽小，却有自己的风俗，民风淳朴彪悍。他们刚到岛上，遭遇过四次暴力袭击，岛民认为杜若白他们侵占了属于他们的土地。政府派过两次兵到岛上，驻扎的时间都不长，三五个月，事态稳定就撤走了，剩下杜若白几个留在岛上。到岛上的第三年，杜若白娶了岛上的姑娘做妻子，他们和岛民的关系因此好了一些。

　　腥味越来越浓烈，杜若白更加不安，海岸还是干净的，黄褐色的沙滩一如既往，礁石上爬满了细小的贝类和海藻。每天从海边回来，杜若白都心事重重。妻子对杜若白说，怕是你想多了。杜若白低垂着眼睛说，怕是有灾难了，海水的味道都变了。

　　花灯节快要来了。这是岛上最隆重的节日，每到这个节日，岛上到处张灯结彩，黑夜宛如白昼，彻夜不眠。到了午夜，岛民纷纷来海边放花灯，类似孔明灯那种，只是灯上画了形态各异的花朵。花灯慢慢升起，一直飘到天上，成为一颗颗的星星。平日里，杜若白是喜欢的。今年，他隐隐有些担心，他想，灾难怕是要来了。

　　往常走在岛上，岛民多是和杜若白打个招呼就算了。这几天，杜若白感到有些不对劲，岛民还和以前一样与他打招呼，只是看他的眼色有些异样。在岛上的小馆子里坐下，杜若白想喝杯酒，旁边还坐着六七个人。过了一会儿，有人走了过来，到杜若白的桌子旁坐下。杜若白拿了个酒杯，满上，来人喝了，看着杜若白说，杜先生，听说岛上要出事了？杜若白心里咯噔了一下，强作镇定地说，能出什么事？来人说，我

广州美人

听说今年花灯节是要出事的。 杜若白问,出什么事? 来人又喝了一杯酒说,说是今年花灯节,海神要送一头鲸鱼到岛上来,如果没送鲸鱼来,岛就要沉了。 来人说完,杜若白脸色一变,把筷子啪的一声拍在桌子上说,荒唐! 来人笑了起来说,我也觉得荒唐,岛都不知道几千几万年了,哪里沉得了,那么大一个岛,那么多人,从来没听说一个岛突然就沉了。

从小馆子出来,杜若白挨家挨户走访,告诉岛民,不要相信谣言,花灯节还和往年一样,岛不可能沉了,海神也不会送鲸鱼来。 走访的户数多了,杜若白忍不住笑了,实在是太荒唐了。 不但海神会送鲸鱼来,岛上每人还得吃一片鲸鱼肉才能消灾。 不吃的话,海神会发怒,海水会不断上涨,直到把海岛淹没。 杜若白知道海平面一百年都不会升高一米,除非海啸涌起百米高的巨浪,否则岛是不会被淹掉的。 他在想,他是不是多虑了。 他细细闻了闻海风的味道,尸臭味是越来越浓烈了,这到底是怎么回事?

杜若白把妻子狠狠打了一顿,他猜那些话是妻子传出去的。

花灯节那天晚上,岛上四处灯火通明,人们都在喝酒。 他们从家里喝到树林,从树林喝到海滩,又从海滩喝到家里。杜若白也加入了狂欢的队伍，他喝得大醉，连放花灯都错过了。等杜若白醒来，已是三更了，妻子还没有睡。见杜若白醒了，妻子给杜若白倒了杯水说，以前没见你这么醉过。妻子说得没错，以前花灯节，杜若白到处喝酒，一直喝到第二天早上，都没什么事。那天晚上，杜若白记得他和岛民喝酒，欢乐的气氛让杜若白忘记了海风中的腥味。很快，他觉得不行了。他隐约记得妻子喊他去放花灯，他却起不来了。妻子望着杜若白说，你是没看到，今年的花灯真是好看，满天都是，一颗一颗，比往年多多了。杜若白揉了揉太阳穴说，没出什么事吧？妻子笑了起来说，还能出什么事，大家都喝多了，放完花灯，早早回去睡了。

杜若白在床上坐了一会儿，站起来说，我去海边看看。妻子看了杜若白一眼说，若白，你到底担心什么呢？花灯节都过了。杜若白边披衣服边说，我去看看。临出门，杜若白对妻子说，你真的什么都没闻到吗？让杜若白意外的是妻子表情严肃地说，若白，我今天似乎也闻到一股味道了，你说的那种。

海边风很大，有点凉。杜若白残存的酒意被海风一吹，彻底醒了。他站在海边的礁石上，望着海面，

广州美人

海面还是墨黑色的,杜若白又闻到了好些天来一直缠绕着他的尸臭味。天还没亮,月亮被乌云遮盖着,只透出隐约的光晕。尸臭味离他很近,似乎触手可及。杜若白从礁石上下来,走了几步,疲倦地躺在沙滩上,望着星空。他想,是他的嗅觉出问题了吗?闭上眼睛,杜若白分析着海风中复杂的味道。过了一会儿,他站了起来,逆着海风往前走。他觉得他离尸臭的源头越来越近了。

穿过后山,杜若白来到一片狭窄的海滩。这片海滩在岛的北面,到处都是礁石,路难走,平时很少有人去的。这些天,杜若白几乎每天绕着小岛走一圈,他想发现点什么。直到昨天,海滩和往常一样,只有沙子和礁石,还有退潮后留下的贝壳、虾蟹和藻类。走到海滩,杜若白被尸臭味包围了,他看到不远的前方堆起了一个黑黑的小山头。杜若白揉了揉眼睛,以为是他看错了,他清楚地记得昨天还没有这个小山头。等到走近,杜若白倒抽了一口冷气,他看到了一头死去的鲸鱼,黑黝黝地躺在海滩上,海浪轻轻地拍打着它的皮肤。杜若白走到鲸鱼旁边,他看到几个黑影,他喊了声,谁?黑影停了下来,应了声,是杜先生?杜若白走过去,认出是岛上的渔民,他们手里拿着刀。看到

鲸鱼记

杜若白,他们的身子抖抖索索,声音也发颤了,杜先生,海神显灵了,海神送鲸鱼来了。杜若白想起岛上前些天流传的谣言,身上一冷。他摸了摸鲸鱼,冷冷的,很软。由于离得近,过于浓烈的臭味反倒似乎被稀释了。杜若白看着他们手里的刀子说,你们真准备挖鲸鱼肉?来人说,海神说了,要吃鲸鱼肉才能消灾。杜若白厉声说,荒唐,哪里有什么灾,不过是头死去的鲸鱼罢了。看到鲸鱼,杜若白多少天悬着的心放下来了,知道尸臭味来自鲸鱼,他所有的神经都放松了。他指着鲸鱼说,鲸鱼都烂了,你们吃腐烂的鲸鱼才真是一场灾难。他挥了挥手说,都回去吧,等天亮了,把鲸鱼烧了就好了。来人说,杜先生,你别管我们的事。说完,拿刀子继续挖鲸鱼肉。他们把挖下的鲸鱼肉放进嘴里,强咽下去,由于恶心又吐了出来。杜若白朝他们扬了扬手,回去,回去,都回去。

天边透出点亮光,杜若白看到远方不断有移动的黑影朝鲸鱼拥过来。他们来了。杜若白觉得麻烦了,他们都看到了鲸鱼,闻到了鲸鱼的味道,肯定是先前回去的人告诉岛民海滩上有头鲸鱼。杜若白朝走过来的人群喊道,回去吧,都回去吧,一头死鲸鱼有什么好看的!人群依然向鲸鱼走过来,他们的速度明显变快

广州美人

了。人群像蚂蚁一样围着鲸鱼，杜若白拉开一个说，你傻了吗？都烂成这样子还能吃吗？你别听谣言。在人群中，他的声音显得那么小，人们围着鲸鱼，用刀子挖上面的肉，一口一口地塞进嘴里。浓烈的腥臭味使他们呕吐出来，夹杂着前一天晚上酒精的异味。杜若白感到绝望，他无法阻止这群人。太阳出来了，海滩上飘荡着复杂的气味，人们的呕吐物堆在海滩上让人恶心。

杜若白看到了妻子，她手里拿着一把刀子，闭着眼睛把鲸鱼肉塞进嘴里。杜若白跑过去，一把抢过妻子手里的刀子，又一巴掌扇在妻子的脸上，骂道，你疯了吗？你疯了吗？妻子却笑了笑说，若白，你说得对，有灾难了。海神给我们送来了鲸鱼肉，它是来救我们的。杜若白抱住妻子的头，把手指塞进妻子的嘴里，想让妻子把吃的都吐出来。妻子狠狠咬了杜若白一口，叫了起来，杜若白，你自己不怕死，还不让别人怕死了？杜若白坐在沙滩上，一句话也说不出来，愚昧啊，愚昧！人们扑在鲸鱼上，像疯了一样。杜若白冲过去，拉住一个，又拉住一个，他的手一次一次被甩开，人们手里的刀子由于用力过猛不时擦碰到杜若白的身体，可没有一个人看见，包括他的妻子。

鲸鱼记

等人群安静下来,他们发现杜若白不见了,海滩一片狼藉。 他们在鲸鱼背后找到了杜若白,他半个身子扑在海水里,像是试图把鲸鱼拖回大海,他身上有一道一道的伤口,血都流干了,海水冲刷着他的身体,那么一点血对海水来说简直微不足道。 吃了鲸鱼肉的人把杜若白抬回了家。 妻子看着杜若白,一句话也没有说。 等人都走光了,妻子看着杜若白说,若白,你看,只有你不信海神的话,你就死了。 你为什么不听海神的话呢? 是你最先闻到海神送来的鲸鱼的味道,你却不肯吃。

安葬了杜若白,小岛若无其事,所有人对花灯节发生的事闭口不提,仿佛它从未发生过。 一想起那天早晨的海滩,每个人都一阵阵的反胃。 那股恶心的臭味整整包围了小岛三个月才慢慢散去。 等海风重新送来熟悉的海腥味,岛民已经快把这事儿给忘了。 杜若白的妻子偶尔还会想起往事来,她唯一后悔的是她为什么不强迫杜若白吃一口鲸鱼肉,如果那样的话,杜若白就不会死了。

又一年花灯节到了,岛上洋溢着欢乐的气息。 他们想起了去年的这个夜晚,海神给他们送来了鲸鱼,他们顺利逃避了灾难。 海平面没有升高,海浪依旧拍打

广州美人

着往年的海滩,涨潮时海水抵达这块礁石,退潮时落在熟悉的位置,稳定的海平面让他们觉得安全。 杜若白的妻子站在杜若白的坟前,坟头长满了青草。 在他坟墓的边上,长出了一棵小树,枝叶向着大海。 杜若白的妻子给杜若白倒了杯酒,她坐在杜若白的坟前,望着大海,海水泛出青红的颜色。 她以为是阳光的缘故,可这是一个阴天。 她抬头看了看天,海平面的前方乌云如山峰堆积,下方是赤红的海水。 杜若白的妻子回过头,望着他的坟墓说,若白,这是你吗?

没有下雨,只有乌云集结在天空。 天渐渐黑了,岛上的灯火亮了起来,整个海岛弥漫着酒的香味。 人们聚集在一起喝酒、唱歌。 偶尔有人提起杜若白,马上有人使个眼色,说话的人便沉默了。 杜若白的妻子没有参加花灯节的狂欢,她想起了她的丈夫,这是她丈夫的忌日,她不能喝酒。 她有些伤感,以后的花灯节和她没关系了,即使她再嫁人,她也不该在这一天喝酒,岛上的欢乐让她想起了悲伤的过去。

喝完酒,过了十二点,人们提着花灯走向海边,他们要将花灯放到天上。 可能是感到庆幸的缘故,这一年的花灯比去年的更多、更大,画上了更美的花纹,他们要感谢海神。 到了海滩,像往年一样,他们摆起了祭台，供上六畜，他们在老人的带领下跳起了舞。 放花灯是以家庭为单位，火点起来，花灯缓缓升上了天空。 人们仰头望着花灯，让他们意外的是花灯没有像往年一样，顺着风的方向飘走，它们慢慢靠拢、挤压，像打架一样，由于晃动得厉害，火苗舔着了花灯，一团团的火像流星一样坠入海里。

人群骚动起来，有人从海边扑向海里，他们向海中游去，想把花灯从海里捞起来。 一个接一个的人扑向海里，老人在旁边叫道，你们疯了吗？ 你们都疯了吗？ 赶紧回来。 风大了，海浪翻卷着涌向岸边。 奔跑的人、跪在地上的人、哭喊着的人、捶胸顿足的人、扑向海里的人让海滩一片混乱。 杜若白的妻子去了北面的海滩，她想看看海滩上是否还有鲸鱼的痕迹。 北面的海滩，阴沉、黑暗，连风都不见一丝。 海滩上干干净净，她坐在海滩上，想起杜若白死去后的事情。

去年花灯节后的早晨，人们把杜若白从海边抬回家。 他们把杜若白放在堂屋的门板上，杜若白脸上还沾着沙子，他身上有一处处的伤痕，那是刀划过的痕迹。 人们站在杜若白身边，都没有说话，他们不知道杜若白身上的伤痕跟他们有没有关系，每一个人都在心里默念这和我没关系。 站了一会儿，人群慢慢散去，

广州美人

只剩下杜若白妻子的家人,杜若白在岛上没有亲人。他们都吃过鲸鱼肉,用力推开过杜若白阻止他们的手,看着杜若白,他们的眼神是迷离的,带着些羞愧。早点埋了吧。杜若白的妻子给杜若白选了山上的墓地,他的坟头向着大海。她想,你看了十年的大海,最终死在了海里,那就让你一直望着大海吧。

处理完杜若白的后事,岛民想到该处理那头该死的鲸鱼了。从花灯节那晚开始,即使鼻子最笨的人也闻到了浓烈的尸臭味,巨大的鲸鱼堆在海滩上,臭气包围着小岛,苍蝇从各个角落飞过来,像一片乌云,让他们吃不下饭。他们集体来到海滩,眼前的景象把他们吓了一跳,他们看不到鲸鱼,只看到一群群的苍蝇趴在鲸鱼身上,黑压压的一片,闪着恐怖的紫光。只能烧了它,老人们说,埋是埋不了,即使能挖那么大的坑,也抵挡不住臭味。

木柴从各个地方运到了海滩,点火,苍蝇四散逃窜,嗡的一声飞开,又落在没有火的地方。大火烧了整整五天,岛民强忍着呕吐,把鲸鱼劈开,切碎,连同它巨大的骨架。烧完鲸鱼,岛上的人筋疲力尽。臭味并没有及时散去,小岛依然被臭味笼罩,经过三个月海风的吹拂和海水的冲洗,味道才慢慢散去。他们终于能安心地生活了，和以前一样，捕鱼、织网。

等杜若白的妻子回到放花灯的海滩，她被眼前的一幕吓坏了。岛民和去年一样疯狂，海滩上哭喊的声音让她无所适从。她想，我还是回家吧。

天亮了，人群安静下来了，他们站在海滩上，看着被海浪带回来的十三具尸体，都是年轻力壮的青年人，他们脸上带着诡异的微笑，像是在海水中抵达了天堂。杜若白妻子的身体瑟瑟发抖，人们看她的眼神，像一把把刀子，刺得她疼。没有人说话，他们都想起了同一个名字杜若白。这是报复，这是杜若白在报复，他说的灾难是他自己。海神给他们带来了鲸鱼，却带走了杜若白。杜若白妻子去了山上，她望着坟墓对杜若白说，若白，我知道这不是你做的，你一直是个善良的人，对不？你怎么可能要人性命！十三个男人的尸体摆在海滩上，岛民用木柴堆起火葬台，小心翼翼地把尸体放在火葬台上，点火。海滩上响起了撕心裂肺的哭喊声。

事情过后不久，岛上发生了激烈的械斗。

那天，几个岛民坐在小馆子里喝酒，阳光很好，海风带来迷人的气息。这是岛上最好的季节，凉爽、干净，黄鱼尤其肥美。酒喝到半程，有人突然站了起来说，哦，杜先生，你回来了。旁边的人吓了一跳，杜先生，哪个杜先生？发生了两次海滩事件后，杜若白的名字在岛上成了禁忌，没有人会主动提起杜若白。杜若白先生。旁人看了看四周，除开人和树，没有看到杜若白。你疯了吧？哪里有杜先生！你没有看到，可是我看到了，他回来了。他回来干什么，他带给我们的灾难还不够吗？有人愤怒地说。因为杜若白，加上喝了酒，他们打了起来，打得头破血流。打斗的场面迅速扩大，越来越多的人参与了打斗，有人说看见杜若白回来了，有人说他死了。激烈的械斗持续了一个下午，又有三个人在械斗中丧生。岛上再次响起了悲伤的哭声，彻夜不歇。

杜若白的妻子感到不安，一连好些天她都没有睡好。在梦里，她看到杜若白在向她招手，杜若白说，一切都过去了。等她醒来，她发现事情并没有过去，岛上发生了微妙的变化。械斗事件之后，岛上死一般的沉寂，岛民之间的关系越来越冷淡，路上碰到了也很少说话。她惊恐地发现，有些岛民的眼睛变成了红色。有一天，她试探着对一个人说，你的眼睛怎么变成红色了？她说的时候笑眯眯的。来人疑惑地照了照镜子说，没有啊，你看，明明是黑色的。她看着来人的脸，平静中带着一丝诡异，她身上一紧。又过了些日子，她发现岛上所有人的眼睛都变成了红色。她对着镜子看自己的眼睛，黑色的。是的，黑色的，她非常确信。她感到恐惧，这个岛上只有她的眼睛是黑色的，她是唯一的异类。直到有一天，她父亲看着她说，真是奇怪，为什么你的眼睛变成了红色的，整个岛上只有你的眼睛是红色的。

杜若白的妻子不敢出门，她害怕，总觉得会有什么事情发生。有人来到她家，和颜悦色地问，杜先生好久没回来了，他去哪里了？她望着来人说，你说什么？来人笑了笑，我问杜先生去哪里了，他好久没回来了。来人表情自然，和往常一样，似乎真不知道。杜若白妻子说，他死了，都两年了，你应该知道的。听完她的话，来人站了起来说，两口子有多大的仇、多大的怨，要说这种话。说完，便走了。

来问杜若白的人多了起来，杜若白妻子想，这到底是怎么了？她走在路上，时不时有人问起杜若白来，说是好久没看到杜先生了。他们不像在撒谎，甚至她的父亲也问过她。岛上一派平和，只是有些事情变了，他们不再捕鱼，好像忘了那片大海。

又一年花灯节到了，岛民完全忘记了这个节日，早早吃过饭睡了,甚至在此前,都没有人提起这个节日。花灯节那天晚上,入夜的小岛,除开偶尔听到几声鸟鸣,四周一片沉寂。 月亮很大,明晃晃地挂在天上,月光把小岛染成了银色,海面上闪动着一片片鱼鳞般的光泽。 杜若白的妻子沿着小路走到山上,她想去杜若白的坟前看看。 杜若白的坟还在那里,草长得更密了,旁边的小树长高了一些。

她给杜若白带了酒,她拿了两只酒杯,一只摆在杜若白坟头,一只在她手里。 她喝一杯,给杜若白倒一杯。 一瓶酒很快喝完了,她靠在杜若白的墓碑边上说,若白,真的一切都过去了吗? 她看到远处的海面浮出巨大的黑色阴影,接着看到水柱喷出海面,她知道那是一头鲸鱼,也许它在歌唱。 杜若白的妻子转过身,摸了摸杜若白的墓碑说,若白,你到底去哪里了?

钱小红

「 钱小红 」

　　哥哥大学毕业后就像消失了一样，一连四年，我没见过他，连他的电话都没接到过。我们都不知道他到底去哪儿了。我给他发了无数封邮件，QQ上的留言加起来也超过一万字，但他一个字都没有回我，甚至他的头像都没有闪亮一下。这个人就这么消失了，家里花了那么多钱让他上大学，到头来，人都没了。我妈和我爸让我去找他，这么大个中国，这么大个地球，你让我上哪儿找去？但我妈我爸都不死心，他们说，他肯定不会是死了，死要见尸，活要见人。

　　每年，爸妈都给我一些钱，让我去找哥哥，我懒得去找，他四肢健壮，头脑灵活，我知道他肯定是躲起来了，他不想见到我们，仅此而已。拿着爸妈的钱，我

广州美人

先后去过云南、北京、上海、广东，甚至还有西藏，都是我想去的地方。回来后，我对爸妈说，他的同学们都不知道他去哪儿了，他跟他们没联系。至于朋友，你们也知道，他没什么朋友。爸妈的眼泪就哗啦啦地往下掉。一到过年，别人家放鞭炮，我们家安静得像死了人，鸡鸭鱼肉吃起来一点味道都没有。

哥哥不在家的这些年，钱小红和王挺经常来看我们。钱小红是哥哥的女朋友，跟哥哥一起很多年了，我们都以为哥哥会和钱小红结婚。为什么不呢？钱小红长得漂亮，还在念高中那会儿，钱小红就成了海城著名的大美女，一到放学，校门口挤满了接她的车子。读完大学，钱小红回到了海城，我们都以为哥哥也会回来，不为别的，起码钱小红他是放不下的。但我们都想错了，钱小红回来了，哥哥却消失了。刚开始，钱小红还不相信哥哥跑了，以为我们和她开玩笑。过了一年、两年，钱小红相信了，她说，他怎么就跑了呢？我到底哪儿做得不对了？我得等他回来。

刚开始，是钱小红一个人来。那会儿，她还骑着摩托车，如果是夏天，头发就扎起来，一下车，揭开头盔，头发就垂了下来，长长的，披在肩膀上。要是冬天，她总是围着一条红色的围巾，嘴里呼出白色的热

钱小红

气。摩托车停在巷子入口处,那儿有一棵大枣树,结的枣子都是涩的,即使到了秋天,枣子都已经红了,放到嘴里一嚼,还是涩的。哥哥大学毕业那会儿,我正上大三。钱小红在门口看到我,不摸我的头了,她拍拍我的肩膀说,爸妈在家?等进了屋,钱小红会习惯性地朝四周看看,好像哥哥躲在某个房间,一听到她的声音就会出来一样。有时候,她会带点水果,或者几个凉菜,陪我爸妈一起吃个饭。钱小红一来,我妈的脸色就很难看,她喜欢钱小红,但钱小红一来,她就会想起哥哥,这让她难过。在她看来,钱小红是全世界最好的姑娘,男人跑了,她还一直坚持着,不但来看他爸妈,还嘘寒问暖。这年月,这样的女人太少了。我妈说着说着就会流眼泪,一声一声地骂哥哥,她觉得哥哥是个大傻瓜。钱小红倒是不说什么,她一边削苹果一边说,他会回来的。那样子,就像我哥给她打过电话一样。

到了第三年,钱小红就不是一个人来了,跟她一起来的还有王挺。王挺我们都认识。第一次看到王挺和钱小红一起过来,我妈脸色都变了。哥哥还在读高中那会儿,我们全家就认识王挺了,不光认识,还给他付过医疗费。王挺见到我妈,亲热地叫着阿姨,好像以

广州美人

前的事情没发生过一样。钱小红说，妈，王挺非要跟我一起过来。我妈看了看王挺，又看了看钱小红说，命，这都是命。在厨房里，我妈一边切菜，一边跟在一旁择菜的钱小红说，王挺追了你好多年吧？钱小红说，嗯，好多年了。我妈说，那你是什么意思？钱小红说，我没什么意思。他喜欢追就追着，反正我是不会跟他的。我妈放下菜刀，叹了口气说，王挺这孩子其实也挺不错的，难得他对你那么用心。

我哥读高中那会儿，就和钱小红谈上了恋爱。钱小红是大美女，我哥是校学生会主席，还是校体育队的队长，算是德智体全面发展的全才。他们俩谈恋爱，大家都觉得挺正常的，才子佳人的组合让他们的恋爱几乎没遇到什么阻力。但王挺不满意，那会儿，王挺早就高中毕业了，整天在街上晃荡，带着一帮小兄弟耀武扬威。王挺看上钱小红，也不是一天两天了。他们都是在市委大院长大的，钱小红她爸是局长，王挺他爸也是局长，都是官场子女，两人打小就认识。钱小红没看上王挺，跟我哥好上了，王挺不乐意。王挺对钱小红说，马乐有什么好的？你怎么看上那号人了？钱小红瞪着王挺说，我乐意，你管得着么？说完，不好意思地笑了起来。那王挺，你说说你有什么好的？王挺

钱小红

说,我对你好啊! 钱小红说,马乐对我也好。 王挺说,他对你好有个屁用,约你看电影都得你掏钱。 钱小红说,王挺,你就这点让我瞧不上,你知道吧,你就是个土包子,整天就钱钱钱的,你不觉得丢人? 王挺说,我不觉得。 钱小红说,王挺,你给我说说,你挣一分钱了没? 天天吃你老子的,喝你老子的,还带着一帮流氓鬼混,你有个什么出息? 我们马乐就不同了,学习好,以后你给他提鞋都不配。 王挺笑了起来说,是,你们马乐啥都好。 你信不信我揍你们马乐? 钱小红说,你敢! 王挺说,你说我敢不敢?

钱小红把这事儿跟我哥说了,让我哥小心点。 我哥说,没事的,他不敢。 我哥身高一米八,八十公斤,还是体育队的,要是单挑的话,别说一个王挺,两个王挺也不一定打得过我哥。 钱小红还是怕,王挺在社会上混,真打起来,他们人多,也没什么顾忌,我哥肯定吃亏。 钱小红说过这事儿没几天,我哥找到我问,你有钱没? 我把口袋里、书包里的钱都找出来,数了数,只有十三块。 我哥说,你把钱先借给我,等妈给我钱了,我就还你。 说完,我哥把自己的钱也掏出来了,两个人的钱加在一起,差不多六十块的样子。我问我哥,你要钱干吗? 我哥说,你别问。 过了两

广州美人

天,我哥拿回来一把匕首,雪亮雪亮的,还有血槽。哥哥每天都带着匕首上学。晚自习回到家,他就拿着砂纸擦匕首,对着灯光,匕首看起来有些吓人。我说,哥,你要干吗?我哥说,你别问,也别跟爸妈说,不然,小心我收拾你。我从床上坐起来说,哥,我听同学说,王挺要打你?我哥擦了擦匕首说,他敢!我说,哥,你们要是打架,我跟你一起去。我哥瞪了我一眼说,我的事不用你管。又过了几天,我哥找了块布,把匕首包了起来,藏在箱子里。

学校里的同学都说,我哥要和王挺决斗。有的说,王挺打不过我哥。也有人说,我哥肯定要吃亏,他一个人打不过王挺那伙兄弟。还有人放出消息说,王挺说了,这是他和我哥的私人恩怨,不劳兄弟们动手,要打就单挑。我更愿意相信最后一种说法,如果单挑的话,我相信我哥是不会吃亏的。但事情的发展并不是这样,也出乎钱小红的意料。

有一天,我哥对钱小红说,你帮我约一下王挺,我想和他谈谈。钱小红有些怕,她说,你别谈了,有什么好谈的,有我在,他不敢把你怎么样。我哥说,我一个男人还能让你一个女人给护着?钱小红说,我是你老婆,我就是要护着你。钱小红就是这么说的,跟

钱小红

我哥谈恋爱不到三个月,她就自称是我哥的老婆了,我哥也是这么叫她的。当着我的面,也是这样。钱小红叫我阿弟,好像她真是我嫂子那样,她还给我零花钱,带我去看电影。我哥让她约王挺的时候,表情坚决,钱小红说,那你们不准打架。我哥说,不打架。谈判的那天,我没有去,我哥不准。后来的事情,我是听说的,估计也八九不离十吧。

我哥约了王挺吃夜宵,就在学校附近的夜市摊上。离学校四五百米,有一条夜市街,几乎整个海城的人都在那儿吃夜宵。一到晚上,桌子就摆开了,横七竖八绵延一两百米,牛杂、麻辣烫、炸土豆,各种气味混杂在一起,烟雾随意飘荡。我哥他们坐在一个卖牛杂的摊子上,我哥坐一方,王挺坐我哥对面,中间是钱小红,好像就三个人。他们说了点什么,已经没法知道了。应该时不时有人跟王挺打招呼,他那帮狐朋狗友,一到晚上,几乎都在这条街上。

事情大概是这样的。王挺说我哥是个书生,吃女人软饭。我哥不吭声,他懒得说话。王挺说得眉飞色舞,唾沫飞溅,他可能还对钱小红说,你看,你找了个什么男人,就一个软蛋嘛。我哥后来说了句狠话,他说,以后别缠着钱小红,不然别怪我不客气。王挺听

广州美人

完就笑了起来，笑得前仰后合的。他从卖牛杂的那儿拿了把刀，放在桌面上，说，我给你把刀，你敢把我怎么的？钱小红打了王挺一巴掌说，你别闹，还有完没完？卖牛杂的也怕了，要把刀拿回去，说，王挺，你别闹，你们喝酒嘛，算我请客，我请客。王挺拍了桌子说，我们的事，有你个插嘴的份？卖牛杂的转过身，给我哥使眼色，意思是让他快点走，别闹出事来。我哥坐那儿没动。王挺指着那把刀说，你敢砍我？我给你把刀，你动我一下试试？我哥摇了摇头说，我不会砍你，我为什么要砍你？王挺指着我哥的鼻子说，你就不是个男人！说完，把手摊在桌子上说，有种你砍我一个手指头！你要是敢砍，我就不追小红。听完这话，我哥原本耷拉着的脑袋抬了起来说，你说话算数？王挺说，老子说话当然算数，你敢砍？我哥看了看钱小红，钱小红站了起来，拉着我哥说，我们走，不跟流氓一般见识。我哥把钱小红的手拉开，看着王挺说，你现在把手缩回去还来得及。王挺的手在桌子上狠狠拍了几下说，今天我就放这儿了，你敢怎么的？我哥从桌子上拿起刀说，这是你说的，你莫怪我。王挺又拍了一下桌子，有种你砍，老子要是缩一下，老子是你生的。他的话还没说完，我哥的刀已经下去了，

钱小红

王挺的小拇指一下子飞了起来,掉到了地上。 钱小红的脸都吓白了,王挺抓着手说,操,我操你妈,你真砍啊!

王挺的手术费用是我家掏的。 本来,他爸要报警,还说要去学校跟老师说。 王挺不肯,他跟他爸说,要是他爸敢这么做,他就再砍两个手指下来。 等王挺手指好了,他约了我哥。 他对我哥说,看不出来你个蔫货还有这个胆量。 他们成了哥们儿,这很奇怪。 钱小红的脸舒展起来,每天放学都要我哥送她回家。 王挺有时候也会来接钱小红,就像好朋友那样。 我哥上大学那几年,王挺做起了生意,具体做什么不知道,好像做得还不错。 反正,我哥大学毕业那会儿,他开了一家公司,开业那天,我还去看了,很大的排场,门口的花篮摆了几十个,鞭炮的碎屑铺了厚厚的一层,踩上去软绵绵的。 钱小红也去了,她是去当剪彩嘉宾的。 王挺就站在她边上,笑眯眯地看着她。

我哥大学毕业后,人就跑了,谁都不知道他去哪儿了。 从大三到大学毕业后两年,我每年都出去找他,也没找着。 前两年,钱小红经常一个人来看我妈,后两年,通常是和王挺一起来。 大概是第四年的样子吧,钱小红对我妈说,家里给她介绍了个对象。 我妈

广州美人

听完,半天没说话。过了一会儿,我妈从箱子里拿出一对金镯子,拉过钱小红的手说,本来这对镯子是准备你和马乐结婚的时候给你的,看来用不上了。妈现在送给你,算是给你的结婚礼物。钱小红连忙推出去说,妈,我不要,我不能要你的东西。我妈摸了摸钱小红的头,把钱小红搂在怀里,眼泪都出来了,说,小红啊,是妈没那个命啊,你把我叫妈都叫了六七年了,妈也把你当儿媳妇,妈没那个命啊,那个畜生,我一说就想哭。钱小红给我妈擦了擦眼泪说,妈,我没说我要嫁。我妈摇了摇头说,你也不小了,不能等了,马乐都好几年没消息了,你等了他几年,对得住他了。钱小红眼睛也湿了。我妈说,你是跟哪个?是不是王挺?那孩子,我看他现在不错,成人了。钱小红摇了摇头说,不是。我妈说,那你是跟哪个?钱小红说,跟哪个都一样,就是不能跟王挺。我妈说,小红啊,妈做梦都想让你做儿媳妇。我妈把镯子给钱小红戴上说,你把这个戴上,看到这个镯子,你就能想起妈了。

钱小红是在第五年结婚的。她刚结婚不到三个月,我哥回来了。跟他一起回来的还有个女人,长得一点都不好看,腰粗背圆,还带着一个两三岁的孩子。他们是在晚上回来的。那天,我们一家人坐在沙发上

钱小红

看电视，门铃响了。我打开门，看见一个男人站在门口，我一下子没认出来，说，你找哪个？我哥笑了起来说，阿弟，你连哥也不认识了？我愣了一下，仔细看了一眼，没错，是我哥，他回来了，带着一个丑女人、一个脏孩子。我连忙打开门，扭过头喊，爸妈，哥回来了。我爸妈从沙发上站了起来，等哥哥进来，我爸妈直愣愣地站在那里，那个丑女人和脏孩子把他们镇住了。我哥把行李箱放在沙发边上，说，爸妈，我回来了。说完，指着女人说，这是我媳妇。又摸了一下孩子说，这是我儿子。说完，蹲下身，对儿子说，叫爷爷奶奶！他神色自若，好像他出门才一会儿那样。等我妈缓过神，一巴掌就甩了过去，你还知道回来呀？你还知道回呀？我打死你，打死你。

我哥回来的第二天，钱小红就来了。她看着我哥，没说话，倒是我哥笑了起来，指着钱小红对丑女人，也就是我嫂子说，这是我前女友，怎样，漂亮吧？丑女人笨头笨脑地咧着嘴说，漂亮，真好看。我哥又抱起儿子说，叫阿姨！钱小红没接他的话茬儿，盯着我哥说，你故意躲着我是不是？我哥说，哪儿有的事，我躲你干吗，我是欠你钱了，还是对不起你了？钱小红说，那你干吗那么多年不露面，也不给我个电

广州美人

话？ 我电话一直没改。 我哥说,我懒得打,我都是有妻有子的人了,我给你打电话什么意思？ 我哥说完,还点了根烟。 钱小红的眼泪流了下来,擦了擦眼泪,她就走了。 我赶紧跟了出去说,小红姐,小红姐,你别跟我哥一般见识,他疯了。 钱小红又擦了一把眼泪说,阿弟,你哥没疯,是我疯了,我傻。 从那以后,我就很少看到钱小红了,她也不到我家来。

哥哥回家之后,一点钱都没有,还带着一个丑女人、一个儿子。 他整天窝在家里看电视,要不就是打游戏。 我妈不喜欢我嫂子,一点也不喜欢。 那是一个多么笨的女人啊,做饭能把锅底烧焦,炒菜不是咸了就是淡了。 连带个孩子都带不好,弄得孩子像是从垃圾堆里捡回来的。 我也不喜欢我嫂子,还有那个脏兮兮的侄儿。 我理想中,我哥的媳妇应该跟钱小红一样,漂亮、文雅,有素质。 但看看我哥现在的样子,如果钱小红嫁给他,我也觉得是糟蹋钱小红了。 以前,我哥干净、漂亮,是个帅气的小伙子。 现在,他头发、胡子凌乱,整天拖着个拖鞋,身上散发出劣质烟草的臭气。 这些年,发生过什么事,他没跟我们说。 即使我爸妈拷问他,他也什么都不说。 实在逼急了,他说,没什么,你看我不是好好的吗？ 不缺胳膊,不缺腿的，还给你带了个儿媳妇，连孙子都有了。 我想跟我哥谈谈，我的房间还留着他以前的东西，我拿给他看，他说，阿弟，这些没意思。 我把箱子里的那把匕首也拿出来了，说，这个你记得吧？ 我哥摇了摇头说，不记得了。 我说，那小红姐你总记得吧？ 我哥看了看我说，阿弟，以后你别提她，你有嫂子了。 我说，你真喜欢嫂子？ 我哥点了点头。 我不相信，一点都不相信。 但我哥对嫂子真的很好，细心、体贴，他还给嫂子洗头。 回来之后，他很少跟我们说话，但有时候晚上我起来上厕所，还听到他们房间里叽里咕噜说话的声音，他似乎只和那个丑女人有话说。

不管喜不喜欢，我哥回来了，日子还是要过的。 我妈尽管不喜欢嫂子，也不得不接受这个事实。 侄儿经过我妈收拾，还原了本来面目，样子还算漂亮，鼻子和眼睛跟我哥一模一样，看得出来，那真是他儿子。 人回来了，天天在家里肯定不行，总得找个活儿干。 我哥天天待在家里懒得动，嫂子更是指望不上。 那些日子，我爸天天厚着老脸去求人，指望给我哥找个活儿干。 在海城，我哥知名度还是很高的。 高中那会儿，他可是风云人物啊。 大学上的也是名牌，再加上这么多年传奇般的失踪经历，让他的名字传遍了海城。 我

广州美人

爸给我哥找了好几份工作，每份工作我哥都没能干上三个礼拜。后来，我爸也绝望了，他说，大不了你们把我这个老骨头啃完了事。我哥不着急，他说，我有我的活法，你不懂。我爸杀了他的心都有了。

王挺来找我哥是半年后的事情。他约了我哥喝酒，说是好些年没见了，一起坐坐。我以为我哥不会去的。这半年，他高中、大学同学来约他的不是一个两个，而是一大批。我知道这些人的意思，他们并不是想念我哥，更不是想帮帮我哥，不是这样。他们更多的是好奇，想知道一些故事。他们想知道这个人消失了这么久，他到底干了些什么，他为什么抛下这么漂亮的女朋友，找了这么一个丑媳妇。是的，他们心理阴暗，我们都是这样。让我意外的是，我哥答应了。临出门，我哥突然喊了我一声说，阿弟，你跟我一起去。我说，我去不合适吧？我哥丢下烟头说，你跟我一起去，要不，我就不去了。我赶紧说，去，我跟你一起去。我和我哥一起出门了，我以为大概会有什么事情要发生。

到了地方，王挺一看见我哥，就迎了上来，热情地跟我哥握手。看见我，王挺拍了拍我的肩膀。酒桌上就我们三个人，王挺和我哥说话，我哥有一搭没一搭地

钱小红

回应一下。王挺还把他的小手指伸出来给我哥看，说，你还记得吧？我哥笑了起来说，记得。王挺说，你狗日的真狠啊，我没想到你真敢下手。我哥说，那会儿年轻，要是现在，我肯定不敢了。王挺说，也是，年轻吧，都是这个德行。他们两个就这样闲聊，没主题，也没目的，和全世界任何一个无聊的酒局一模一样。我本来以为，他们会说点什么，至少，王挺应该问一下我哥这些年在干吗，过得怎么样。但非常让人失望，王挺没问，我哥也没讲。来的路上，我甚至还想，是不是王挺想给我哥一份工作。这个，他也没讲。他们两个除了忆旧，谈谈时政、体育比赛，几乎什么都没说。酒喝得不少，王挺拿的是茅台，从这个大概可以看出来，他是把我哥当贵客招待的。回家的路上，我本来想问我哥几句，想了想，还是忍了。

我哥说他要去上班。我爸妈都愣了一下，他们平时很少看到我哥出门，更没看到过他出去找工作。现在，他突然说他要去上班。我妈问，你去哪儿上班？我哥慢悠悠地说，去王挺的公司。我觉得倒不是很意外，王挺请他吃饭，我本来以为他们就是要谈这个的。王挺可能后来给他打电话了吧。我妈说，王挺跟你说了？我哥摇了摇头说，还没有。我妈说，那你准备去找王挺？我哥说，他会打电话给我的，但我不会这么快就去他的公司上班。我只是想告诉你们，别老为这个事情担心。他的话音还没落下，电话就响了，接通电话，我哥说，王挺啊，你等等。说完，走进了房间。

第二天一早，我给钱小红打了个电话，约钱小红一起吃饭。钱小红说，中午吧，随便吃点就行了，你找我肯定有事。在餐厅坐下，钱小红拿着餐单说，阿弟，你想吃什么？我说，随便吧，中午随便对付点就行了。钱小红还是点了四个菜，有砂锅鱼头，还有尖椒牛肉，这是我喜欢的，她一直都记得。钱小红没什么胃口，她等着我说话。我说，我哥的工作是你找的吧？钱小红说，你哥的工作？我不知道。我说，前几天王挺找他了，我哥说他要去王挺那儿上班。钱小红说，我没跟王挺说，我也不会说。说完，钱小红喝了口茶说，阿弟，你哥这个人你也不是不知道，如果我给他找工作，就算饿死，他也不会去做。再说，我怎么可能去找王挺呢？我说，那就奇怪了。钱小红说，不奇怪，阿弟，一点都不奇怪，你哥疯了。我靠在椅子上，钱小红说的也许是对的，我哥疯了，不管我承不承认，他真的是疯了，至少我是没办法理解他的。

钱小红

接下来说说我嫂子吧。胖、丑、粗俗、笨,你能想象到的贬义词尽量加上去,对她来说都是恰如其分的。你不能想象,当我吃饭的时候,看到她嘴里嚼着青菜丝是多么深恶痛绝,她简直让我恶心。她睡觉的时候还打呼噜,嘴里流着口水,摊在床上,就像一头白胖的猪。她穿着宽大的睡衣,在家里晃来晃去,两只硕大的乳房甩来甩去,屁股上的肉像两只轮胎,整个人就像一个傻子。看到我妈,她咧着嘴傻乎乎地笑着,笨手笨脚地去接我妈手里的菜篮子,我妈眼角的厌恶,她似乎一点也看不懂。就是这样一个女人,却是我的嫂子,天天和我生活在同一个屋檐下。她的心,她的肝,她的肺,似乎不属于人类。我甚至觉得她完全没有智慧的迹象。但她并不是傻子。她是我哥的女人。我难以想象我哥会和这个女人睡在一张床上。不能拿她和钱小红比,那对钱小红来说,是耻辱。我和钱小红一起吃饭时,没有提起我的嫂子,钱小红也没有问,她的想法大概和我一样,我哥带回来的女人深深地羞辱了她。

这个没心没肝的女人在我家生活的时间其实并不长,前后算起来,不到一年。我哥没上班的日子,天天陪着这个女人。早上,他带着这个女人去公园走一圈，嫂子很胖，走得很慢，我哥不紧不慢地跟在旁边，全然不顾身边的指指点点。晚上，他们还要到小区里转一圈。白天，多半时间他们窝在家里看电视。哥哥服侍嫂子的态度，让人觉得嫂子像个公主，他对我妈都没这么好过。哥哥对嫂子越好，我妈看起来就越沮丧。她大概觉得她的生活是个悲剧。至于儿子，哥哥好像没那么上心，他把儿子扔给了我妈，整天陪着嫂子。对他们的恩爱秀，我只觉得恶心，就因为这个丑陋的女人。

从嫂子住进医院，到进殡仪馆，用了不到一个月。哥哥显得似乎并没有多么伤心，这种反差让我们意外。我们本来以为哥哥会伤心欲绝的，既然他这么爱这个女人，像服侍公主一样服侍着这个女人。从嫂子住进医院，到嫂子进殡仪馆，哥哥没有流过一滴眼泪，至少我们没有看到。嫂子死了，我们也不觉得悲伤。本来我们跟她就没什么感情，实际上，我们都很讨厌她。她死了，我们有种松了口气的感觉，尽管，我们都没有说出来。先说出来的是哥哥，哥哥说，曹方晴死了，你们大概松了口气吧？我们都不说话。我们第一次知道嫂子的名字叫曹方晴。我们都不知道她的名字，也懒得去问。哥哥说，你们不用说，我知道，换了是我，我也会这么想。哥哥说，你们放心，我把她料理完了，该做点事了，我儿子还得靠我养活。

哥哥刮了胡子，剪了头发，换上了合身的衣服，还穿上了皮鞋。那个干净、整洁、帅气的哥哥又回到了我们面前。我妈对哥哥的转变非常满意，她觉得哥哥又像一个正常人了，又成了那个让她骄傲的儿子。他去了王挺的公司。别担心，他干得很好，业绩非常突出。你不要忘记，他是重点大学的高才生，他从来就是一个有才华的人。哥哥还是很少说话，回到家，偶尔也会看着嫂子的照片发发呆。只要有空，哥哥就陪儿子看书、做游戏。他是一个如此慈爱的父亲，无论儿子多么调皮，他都笑眯眯地望着他。我的侄儿，现在看起来和别的孩子一样，干净、调皮。我甚至发现他有很高的智商，他还不到四岁，已经能够顺利地阅读安徒生童话了。偶尔，他会站在沙发前给我们讲故事，绘声绘色，不会漏掉任何一个关键的细节。我妈看他的眼神越来越浓稠，那复杂的眼神里，爱意已经无法遮盖。我们都忘记了嫂子，或者假装忘记了，就像她从未存在过一样。

值得一说的是，嫂子死后不久，我们就听到了钱小红离婚的消息。据说原因是这样，她把已经怀上的孩子打掉了，坚决不肯再跟丈夫同房。她要求离婚。为了离婚，她放弃了所有的共同财产，还给了丈夫十万块钱。我把这个消息告诉了哥哥，哥哥听完之后，什么都没有说，他只是点了根烟，默默地走到阳台上。钱小红离婚不久，王挺就结婚了。他的结婚宴席，我们都去了，我哥、我，还有钱小红。王挺的老婆很漂亮，也很年轻。结婚那天，王挺喝醉了，他拉着我哥非要和我哥喝酒，我哥陪着他也喝醉了。钱小红没有喝，她看着他们两个喝。等他们都喝醉了，她就走了。

后来的日子怎么说呢，还是和往常一样。过了一年，我哥离开了王挺的公司，他自己出来开了个小公司，开公司的钱是王挺给他借的。钱小红还是单身，她一个人。我哥也是单身，他带着个儿子。而我，结婚了。至于我哥和钱小红，他们似乎很少联系。钱小红经常到我家来，跟我妈说说话，帮我妈做饭，也管我妈叫妈，就像我哥失踪那段日子一样。她手上戴的是我妈给她的镯子，每次洗菜，都可以看见。我侄儿很喜欢钱小红，他叫她阿姨。在家里碰到了钱小红，我哥会跟她打个招呼，但很少说话。只要碰到这种情景，我妈的眼里就有一层乌云，我一般躲进房间，打打游戏，或者什么都不做。

「 广州美人 」

波比跑回家，气喘吁吁地对汤素文说，妈咪，美珍姐又谈恋爱了。汤素文从冰箱里拿了瓶益力多，递给波比说，看你跑得满头大汗的，洗洗手准备吃饭。菜炒好了，摆在桌子上，三个菜，一个汤。家里的冰箱用了八年，是老式的冰箱，过不了半个月要除一次冰，制冷效果越来越差。汤素文烦死了这台冰箱，每次除冰要花半个小时，手冷身热，她想买一台无霜冰箱。等王立凡回来，她要和他说一声。

天热，王立凡从冰箱里拿了瓶啤酒。夏天，王立凡喜欢喝点啤酒，冰的。汤素文给波比夹了块鱼说，你刚才说什么？波比嘟了嘟嘴说，我说你又不听，我不说了。你不说算了。汤素文转向王立凡说，冰箱估

广州美人

计不行了,前些天我在国美看了一款,无霜的,打折只要两千多。王立凡说,那就买一台吧,这台用了这么多年,也该换了。波比看了看汤素文,又看了看王立凡,他以为他们会追问他的,但他们没有,他有些失望。波比不甘心地吃了口饭,放下筷子说,妈咪,美珍姐又谈恋爱了。汤素文笑了笑说,我还以为是什么大新闻呢,原来是这个。

戚美珍住在汤素文家附近,隔着十几棵榕树。听隔壁阿姨说,美珍和张鹏分手了。听到这个消息,汤素文还有些惋惜。张鹏她见过几次,印象不错。有一次,汤素文抱着一堆东西,手忙脚乱地从出租车上下来,正好张鹏送美珍回来,他说,文姐,我帮你拿吧。这样的年轻人很少见了,有礼貌,谦逊。年轻人的事儿说不清楚,分手算不得什么稀奇的事儿。只是美珍这么快又谈恋爱了,汤素文还是有点意外,美珍不像那种不讲究的女孩子。

妈咪,美珍姐谈恋爱了。波比重复了一次。汤素文说,知道了,美珍姐谈恋爱了,乖乖吃饭,吃完赶紧写作业,洗澡睡觉,明天还要上学呢。你知道她和谁谈恋爱吗?波比按捺不住,不说出来,他会憋死的。嗯?和谁?汤素文漫不经心地问。我也不认识。汤

广州美人

素文又笑了笑说，这孩子。波比吃了口菜，大眼睛望着汤素文和王立凡，神秘兮兮地说，是个黑人。王立凡拿着酒杯的手停在了半空，汤素文说，别瞎说，你是不是看错了？波比急了说，我怎么会看错！黑乎乎的，和NBA里面很多人一样的。汤素文说，你在哪儿看到的？波比说，放学回来，我在路口玩球，看到美珍姐和黑人一起回来，他们亲嘴了。这事儿估计是真的了，汤素文相信波比不会撒谎，他从小是个诚实的孩子。

富宁街前后大约一公里，两旁是老派的粤式建筑，中间有一段骑楼。在广州，这样的街巷很少了。这几十年，广州变化太大，迅速地吞噬着古老的街巷。这条巷子还保留着老广州的气息，街坊们依然有串门的习惯。每天早上，他们去路边的小摊吃拉布粉或者粥、包点。戚美珍从小在这儿长大。等她长大了，这个城市变了。以前，老一辈是看不起外省人的，在老广的观念里，珠江以北的人，都是北方人。更可笑的是，海南在老广的眼里也是北方。那些年，外省人到广州讨生活，被称为"捞佬""捞仔""捞妹"，总之是到广州捞世界的。那时，老广看不起他们，本地的女孩子很少和外省人谈恋爱，理由不用想也知道。现在情

广州美人

况不同了，戚美珍的不少同学、同事都嫁给了外省人。富宁街嫁给外省人的姑娘也不止一个两个，不过，他们仍然住在广州。戚美珍没想过离开广州。

马克第一次送戚美珍回富宁街时，戚美珍留了个心眼，她让马克把车停在远处的路口说，我到了，就这儿下，你早点回去。戚美珍朝马克摆了摆手，示意马克回去。等马克走了，戚美珍才慢慢往富宁街走。后来，马克知道戚美珍住在富宁街，再送戚美珍回来，戚美珍到了路口就说，我到了。马克把手放在方向盘上说，珍，你住在富宁街，这儿离富宁街还有一公里，为什么不让我送你回去？戚美珍说，我想散散步。再说，往前走路窄，一会儿你不好出来。马克说，没问题的。戚美珍只好让马克把她送到富宁街路口，再往里面开，确实是不方便了。下车前，马克搂过戚美珍，亲了下她的嘴。

戚美珍看到了波比。

和张鹏分手是戚美珍的主意。她认识张鹏三年，恋爱两年，他们过得波澜不惊。张鹏是福建人，从中山大学毕业后，留在了广州。如果没记错，他们是在朋友的饭局上认识的。张鹏要她的电话，她随手给了。张鹏给她打电话，是在半个月后，戚美珍都快忘

广州美人

记他是谁了,不知道他为什么要给她打电话。张鹏约她出去,她正想拒绝,朋友接过电话说,过来吧,都等你呢。戚美珍想了想,这意思再明显不过了。可以想象一下,张鹏和她的朋友一起吃饭,看到她朋友,张鹏想起了她,想让朋友约她出来。朋友故意不肯,说,你想约美珍,自己打电话。他只好自己打了。戚美珍隐隐有点得意,过了这么久,他还记得她,说明自己还有点魅力,他对她有好感。戚美珍换了身衣服,去了。张鹏他们还在大排档喝酒。以前,广州到处都是这样的大排档,过了晚上九十点,大排档坐满了人,桌上摆满各色的美食。广州真正的味道在大排档,酒楼的菜看着不错,味道却远不如大排档浓烈天然。张鹏边上留了一个位置,戚美珍知道这个位置是留给她的。如果她刻意去找另一个位置,就显得矫情了,又不是十五六岁的小姑娘。张鹏给戚美珍倒了杯酒说,你好,很久没见了。什么都没发生,吃完夜宵,张鹏要送戚美珍回去,戚美珍说,不用了,我打个车要不了几分钟。

张鹏再约戚美珍,自然了很多。他们两个去吃饭,看电影,逛二沙岛、沙面,在使馆区漂亮的咖啡馆吃戚美珍喜欢的芝士蛋糕。戚美珍还没反应过来,他们已经做完了情侣该做的事情。带张鹏回家是在半年后,她父母对张鹏的印象还不错。他是独子,家虽然在县城,父母生意做得不大,但福建人会做生意,所以经济条件也还是不错的。再说说戚美珍,虽是广州土著,父母上了一辈子班,住的还是祖上留下的老房子,没什么产业,普普通通的小市民。戚美珍从广州一所三流大学毕业,上班好几年,还是个文员。她上班的公司不大,多是女孩子,只有她和另外一个女孩子是广州人,其余的都是她们嘴里的北方人。公司虽小,钩心斗角一样不少,和她一起进公司的女孩子,有些做了经理,靠的什么,戚美珍知道。她有些不屑,为了这么点蝇头小利,不值。钱很重要,尤其是在广州这样的城市,戚美珍不急,至少她不用买房子,赚的钱也够她花,父母那边不用她操心。张鹏对戚美珍父母说,他父母讲过了,如果要结婚,他们会帮忙在广州买套房子,不用戚美珍父母操心。听到张鹏这么说,戚美珍父母对张鹏的态度好了起来。时代过去了,什么南方北方,只要戚美珍能过好,还在他们身边就行了。

富宁街的街坊对这段恋情颇看好,见到张鹏和戚美珍一起回来,有时会和张鹏开玩笑说,鹏仔,几时请我们喝喜酒啊?张鹏看看戚美珍,戚美珍低着头,一副

广州美人

害羞的样子。 快了，快了，张鹏说，美珍今天点头，明天我就请你们喝喜酒。 街坊笑着对戚美珍说，阿珍，快点哦，鹏仔都等不及了。 街坊说这些话，戚美珍不爱听，好像她结婚是为了请他们喝喜酒似的。 张鹏的话，她听着更是不舒服，那么胜券在握，似乎她已经是他的人了。 张鹏人不错，没什么坏习惯，像她这样一个女孩子，没什么能力，没什么背景，长得也一般，嫁给张鹏说不上委屈。 谈恋爱两年，戚美珍始终没有下定决心嫁给张鹏。 平时，他们和其他的情侣一样，逛街、买东西、吵架、和好。 每个周末，他们在张鹏租住的套房里做爱，她平时也会过去。 不过，戚美珍从不在张鹏那里过夜，她要回家。 其实，戚美珍知道，即使她不回家，父母也不会怪她。 在他们眼里，戚美珍和张鹏早就是一对儿了。

戚美珍不喜欢，她想逃离，这样的生活过于乏味、平淡。 她能想象到她婚后的生活，平稳、安定，没有意外。 她会生一个孩子，她或者他慢慢长大，读书、毕业、工作、结婚、生孩子。 那时，她老了，她可能会给她或者他带孩子，然后，她死了，结束。 这是一眼可以望得到头的生活，她还没有这样的勇气。 张鹏一共给她说过三次我爱你，一次求爱，一次求欢，一次求和。戚美珍生日、情人节、圣诞节,情人们该过的节日、纪念日,张鹏都会和她一起过,给她送花,送礼物。这更像仪式或者说形式,他只是做了他该做的事情,并不能证明他爱她。也许,在张鹏看来,戚美珍是一个合适的结婚对象。对,合适,一定是这样,戚美珍想,但我觉得不合适。

和张鹏分手没有想象的那么费劲。听戚美珍说完,张鹏说,你想好了?戚美珍咬了咬嘴唇说,想好了。张鹏说,那好吧。说完,嬉皮笑脸地对戚美珍说,毕竟好了两年,打个"分手炮"纪念下。戚美珍心抖了一下,以前,张鹏不会这么对她说话。他想做爱了,会对戚美珍说,老婆,想了,想要你。他变得太快了,如此现实。戚美珍站起来,拎起包想走。张鹏从后面抱住她说,装什么装,又不是没操过。他把戚美珍甩到床上,扯开了她的衣服。戚美珍闭上眼睛,她不想看到那张扭曲、丑陋的脸。她选错了说分手的地方,她把人想得太好。出门后,戚美珍拿起手机想报警,又放弃了,她丢不起这个人。

走在富宁街上,戚美珍能感觉到街坊的眼光追随着她。这条街有三百年了,很多姑娘嫁到这条街,很多姑娘也从这里嫁到别的地方。富宁街尾部,有一座

广州美人

牌坊，两边写着"玉洁冰清，千年不易；松贞柏操，万世流传"十六个字。据说，好些年前，大约是清朝道光年间，有个姑娘嫁到富宁街，嫁过来不久，丈夫死了，她从十六岁守寡到五十三岁。她用一生为富宁街换来了这座牌坊。戚美珍还小时，常到牌坊那里玩，也听母亲讲过这个故事，她摇摇头感叹，这是何必呢。

见戚美珍过来，汤素文热情地说，阿珍，回来了。戚美珍应了声，回来了。汤素文朝戚美珍身后看了看，装作意外地说，怎么没看到鹏仔？很久没看到他了。戚美珍把头扭过去，冷淡地说，他忙。汤素文提着菜篮子说，现在的年轻人，真是没礼貌，再忙也要经常来看看岳父岳母的。戚美珍脚步有点乱，她加快步伐说，文姐，我先走了。逃也似的回到家，戚美珍脸上有些烧，她有点恨自己，干吗回答得这么模糊？为什么不大大方方地说，我和张鹏分手了？她想起了波比，那天，马克搂着她亲嘴，波比看见了。既然波比看见了，汤素文肯定会知道。汤素文知道了，整个富宁街都会知道。这个死八婆，戚美珍骂了句。

马克，你以后不用送我回家了。再见到马克，戚美珍对马克说。宝贝儿，怎么了？马克搅着咖啡，他

广州美人

刚刚往咖啡里加了点牛奶。不太方便，有人会说闲话，戚美珍说。说这话时，戚美珍有些慌乱，她不知道马克能不能听明白她的话。南非离中国太遥远，戚美珍在初中课本上学习过有关南非的知识，知道南非黄金储量丰富，别的知之甚少。和马克认识后她搜索过南非的资料，那也是一个抽象的南非，她无法想象南非真正的样子。马克在大学教英语，他从小在英国接受教育。来中国前，他想象过中国，来中国之后，发现中国和他想象的不太一样。他喜欢中国的山水、中国的文化，也毫无意外地喜欢中国姑娘。

认识马克之前，戚美珍对黑人印象不好。据说广州有几十万黑人，他们主要聚居在小北路一带，做服装、玩具、小家电生意。他们把中国生产的廉价商品源源不断地输送回他们物资奇缺的祖国，也因此发财了。很少有本地姑娘会独自去小北路，特别是晚上，遇到骚扰几乎是毫不意外的事情。戚美珍去过几次小北路，她的运气还算不错，她遇见的黑人匆匆忙忙的，没人朝她吹口哨或拉扯她。可能黑人不喜欢她这个类型的女人吧，过于干瘦了，她看到的女黑人粗壮有力，有着肥硕的屁股。和马克恋爱后，戚美珍问过马克，为什么会喜欢她。马克说，宝贝儿，你有东方女人独

广州美人

特的美。 戚美珍想,马克说的东方美,大概是羸弱、纤细的意思。

  戚美珍不想让别人知道她和马克谈恋爱,尤其是不想她父母知道,但他们终究还是知道了。 是不是全世界就我们不知道? 她爸气呼呼地说,你说说,你说说,你是怎么想的? 戚美珍低着头,她能怎么想,她怎么想都是错的。 她妈指着戚美珍鼻子说,你是不是脑子有问题,张鹏那么好的人你不要,你跑去找一个黑人,全世界的男人都死光了,这么大个广州你找不到男人了? 张鹏,那么好的人? 她妈知道张鹏对她做过什么吗? 如果知道,她妈还会这么讲吗? 不管怎样,你和那黑人分了,我们不同意你嫁给黑人,你也别带他回来丢人。 她爸说,你要是坚持,你给我滚远些,我们宁可没你这个女儿,也见不得黑人进我们家门。 戚美珍没说话。 她爸说,你别不吭声,好歹表个态。 戚美珍小声说,马克挺好的。 她爸拍了下桌子,气冲冲地回了房间。 洗完澡,戚美珍准备睡了,她妈敲了敲门进来。 戚美珍往里面挪了挪,她妈坐在床边,摸了摸戚美珍的头发说,我养了你二十多年,真舍不得。 戚美珍往她妈身上蹭了蹭说,妈,我这不是好好的。 她妈说,美珍,妈一直宠你,也由着你,这次,你听妈一次。戚美珍说,妈,黑人怎么了? 黑人不也挺好的? 她妈说,非洲那么远,我们想见你一次都难。 再说了,谁知道他在非洲是干什么的! 前段时间报纸还报了,上海有个姑娘嫁到非洲,男的说他是酋长的儿子,是贵族,是要继承酋长的位子的。 结果怎么了? 他是个骗子,整天游手好闲,什么活儿都不干,还动不动打她。 家里没钱了,还要女的去做小姐。 那女的好不容易才跑到大使馆,逃了回来,留了几个黑孩子在非洲。 妈,报纸登的都是特例,又不是都这样。 马克从小在英国读书,是知识分子,戚美珍不满地说。 国家动荡,知识分子有什么用? 她妈不屑地说,大学里那些黑人,不都是留学生? 回国之后,谁知道他们能干吗! 她妈捏了下戚美珍的手说,我好不容易养大一个女儿,可见不得她受苦。

和马克约会,戚美珍尽量选远离富宁街、远离公司的地方。 她不觉得和黑人恋爱有什么丢人的,也不想惹麻烦,熟人多的地方,闲言碎语让她受不了。 两个人逛街,如果她不牵马克的手,还好一些。 她牵着马克的手,总有些眼光瞟过来。 这和她以前一样,在街上看到和黑人恋爱的中国姑娘,她也是有些不屑的,觉得这姑娘神经病。 奇怪,看到白人姑娘和黑人恋爱,

广州美人

反倒觉得没什么，大约是因为非我族类，不关我事吧。接受马克，对戚美珍来说不难，她犹豫了一下，仅仅是一下。马克幽默，懂得哄女孩子开心，英式教育让他颇有绅士风度。戚美珍喜欢马克在她耳边低语，I love you 或者我爱你。马克从第一次看到戚美珍到追到戚美珍，前后花了一个多月，不算快，也不算慢。马克修正了戚美珍对黑人的判断，让她知道，黑人或者白人，只有个体的好坏，和族群、肤色没有关系。至于姑娘们中流传的黑人性事，过于夸张了。马克，和以前的男朋友并无二致。

富宁街还是以前的样子，树荫下是一间间的小店，或者住户。一年四季，从早到晚都能听到各色的鸟叫。戚美珍在这条街上走了二十多年，她熟悉这条街的每一个角落。再走在这条街上，戚美珍心情有些复杂，她想，她可能很快就要离开这条街了，什么时候回来，她也不知道。这些天，她回得越来越晚。即使没和马克约会，她宁愿在办公室熬到晚上十点、十一点再回家。等她回到家，父母多半睡了。偶尔在客厅碰到戚美珍，她爸或者她妈淡淡说一句，回来了，早点睡吧。他们不能完全控制戚美珍，这个他们知道，即使他们一万个反对，也不能改变什么，最后的主意还得戚

广州美人

美珍自己拿，逼得太紧，效果可能相反。她妈和她说过，美珍，你别躲着我和你爸，早点回来。一个女孩子，回家这么晚不安全。但她觉得没什么不安全的，这个时间的广州，灯火辉煌，到处都是人。

马克，我们走吧，去别的地方，深圳都好，戚美珍对马克说。马克说，为什么要去深圳？我很喜欢广州。戚美珍想，该怎么告诉他，告诉他：和你在一起，我有压力，有人说我闲话，我想躲得远远的，去一个没人认识我的地方。如果马克再问，为什么会有压力？是不是应该告诉他，因为你是个黑人？戚美珍说，我从小在广州，很少去别的城市，我想去别的城市看看。说完，戚美珍看着马克说，马克，你知道吗？有时候我很羡慕你，去过那么多地方，从非洲到欧洲到亚洲，我从未离开过中国，甚至很少离开广东。你有许多经验，是我没有的。马克笑了笑说，以后我们一起环游世界。戚美珍想了想，认真地说，马克，你会娶我吗？马克说，我愿意。又补充道，不过不是现在。戚美珍问，为什么？马克说，你要和我回到南非，我才能娶你。我父亲是酋长，我的婚姻必须获得他的许可。酋长，戚美珍想起了母亲给她讲的故事。酋长，酋长的孩子全来中国了。

广州美人

要不要去南非,什么时候去南非,戚美珍心里没谱。她想象过那个遥远的国度,在那里,她唯一认识的人是马克,她所有的亲人朋友都在万里之外。即使她要死了,他们也无法迅速赶到她身边和她告别。南非官方语言中有英语,她会一些,日常生活交流问题不大。她该怎么和周围的人交流,她能和他们聊些什么,他们说英语还是荷兰语、文达语、科萨语或祖鲁语?戚美珍连南非总统是谁都不知道,也不知道南非历史上的任何一个名人。南非人对中国的了解恐怕和她对南非的了解一样多。一想到这些,她有些恐惧。

放暑假了,马克对戚美珍说,宝贝儿,陪我回南非吧,我要带你见见我的家人。戚美珍说,我想想。如果她真想嫁给马克,迟早她得去南非。中国毕竟不是马克的祖国,他要回到他出生的地方去。回到家,戚美珍对父母说,我想去南非。他们沉默了一会儿,她爸抽了根烟,她妈坐在椅子上,像一座雕像。像是过了很久一样,时间被拉得细、长、紧。她爸说,你想好了?戚美珍点了点头。她妈眼泪掉了下来,用手背擦了擦。晚上,戚美珍她妈和她一起睡的,她妈抱着戚美珍,似乎她还是一个小孩子。也许在父母眼里,孩子是长不大的,即使他爱上了另一个人,肉体布满情欲,已不再需要父母。你终究还是要离开我们了。戚美珍她妈伤感地说。戚美珍没有马上给马克回话,她还没那么肯定。

马克住在二沙岛,广州著名的富人区。他租的房子里可以看见珠江,离音乐厅很近,门口的草坪绿油油的,时常可以看见拍婚纱照的新人,女的总是穿着白色的婚纱。我什么时候可以穿上婚纱,谁会把戒指戴在我手上?戚美珍偶尔会想一下。马克房间里是白色的欧式家具,简洁、大方。戚美珍喜欢马克煎的牛扒,鲜嫩,有浓郁而独特的香味。马克说,只有南非有这种香料,和牛扒简直是绝配。房间是白色的,家具是白色的,戚美珍是黄色的,马克是黑色的。由于周围很白,马克显得愈发的黑。黑人的肤色也是有差异的,有的接近棕色,有的黑中带黄。马克是纯粹的黑,像一块活动的煤块。戚美珍想,如果马克没那么黑,像乔丹那样就好了。戚美珍看过乔丹的海报、杂志上的图片,乔丹的黑是带着黄色的黑。和他的白人妻子在一起,他的黑也不刺眼。在戚美珍和马克的合影上,她很难看清马克的面孔。

你父亲真的是酋长吗?戚美珍拿着杯水,望着窗外问马克。两个穿着红色衣服的儿童在草地上追逐着气球。 马克走到戚美珍边上,把手放在她的臀部说,有关系吗? 他的声调低缓、柔和。 酋长是不是可以娶很多老婆? 戚美珍转过身,望着马克说。 我不会,马克说。 没什么不会发生,不过这是不错的回答,作为情话。 你父亲真的是酋长吗? 戚美珍又问了一次。 马克点了点头,在我们南非,原来有很多酋长,现在少了,只有几个部落的酋长得到国家的承认。 你父亲是其中一个? 是,管理最大的一个部落。 你将来会继承他的位置吗? 不一定,马克说,我不是家中长子,我还有三个哥哥。 戚美珍暗想,她居然真的在和南非酋长的儿子谈恋爱。 马克问戚美珍,宝贝儿,什么时候和我一起回南非? 正好暑假有时间。 戚美珍说,我再想想。 马克说,你到底在想什么呢? 她不能告诉马克她感到恐惧。 窗外,天空是明亮的蓝色,让人心醉的颜色。 你爱我吗? 马克问。 戚美珍搂过马克的腰,亲了他的嘴唇说,我爱你。 她说得很慢,几乎一字一顿,庄重严肃,可我还没有想好。 手机响了起来,虽然没有名字,但那串号码是她熟悉的,她接过无数次那个电话,现在她不想接了。 手机响了五遍,戚美珍没有接。 马克说,怎么不接电话? 这样很没有礼貌。 接通电话,戚美珍说,你好。 张鹏说,你在哪儿,我想见你。戚美珍说，对不起，我很忙。说完，把电话挂了，然后关机，她不想再听到手机响了。

从公司出来，戚美珍看到了一个人影，她想躲开，已经来不及了。张鹏站在她面前说，好久不见了。戚美珍脸色冷漠地说，你想干吗？张鹏把手插在裤袋里说，不想干吗，我们聊聊。我们有什么好聊的，张鹏，结束了，你知道。张鹏笑了笑说，我知道，聊聊天又不能代表什么。戚美珍往前走了两步说，我没时间。张鹏拉住戚美珍的手说，聊一会儿，要不了多久。戚美珍甩开张鹏的手说，你想干吗？再这样我喊人了。张鹏说，你大概也不想天天看到我。戚美珍说，你这算是威胁？张鹏说，你说是就是吧，聊一会儿？

戚美珍挑了间热闹的咖啡馆，选靠窗的位置坐下，能看见窗外来来往往的人。张鹏问，喝点什么？水。张鹏翻着点餐单说，我记得你喜欢蓝山。点好东西，张鹏靠在椅子上，望着戚美珍说，你知道吗，你把我给毁了。戚美珍扭头望着窗外，懒得理他。张鹏喝了口咖啡说，我女朋友和我分手了。哦，对了，和你分手后，我又找了个女朋友，中学教师，我很喜欢她。戚美珍皱着眉头说，你找我就是为了和我说这个？对不起，我没兴趣，也不想听你讲故事。 张鹏居然笑了笑说，放心，耽误不了你多少时间。 想知道她为什么和我分手吗？ 戚美珍果断地说，不想，我对你的事情没兴趣。 她想离开，不想再看到这张脸，那张脸上所有的器官都是她讨厌的，鼻子、眼睛、嘴唇、眉毛，每一个都是她讨厌的，甚至那脸上的表情，也让人厌恶。我还不知道你喜欢黑人，口味挺重的。 张鹏突然说，他们是不是都有狐臭？ 戚美珍把杯子重重搁在桌上，咖啡从杯子里溅了出来。 这他妈和你有什么关系？ 你管得着吗？ 管不着，可你碍着我了，因为你，她和我分手了。 戚美珍骂了句，你他妈神经病！ 说完，站起来背着包走了。 张鹏没有拉她，望着戚美珍的背影，他咬了咬牙，骂了句，婊子！

和张鹏分手后，戚美珍没有再和他联系，这并不表示他们完全没有对方的消息。 他们有共同的朋友，她知道张鹏找了女朋友，戚美珍没有一点失落或者说酸楚什么的，相反，她觉得终于结束了，彻底摆脱了。 张鹏刚说的这事，她是才知道，她想不到这和她有什么关系。 戚美珍和马克恋爱，张鹏听说了，也没在意。 都不是自己女朋友了，她爱找谁找谁，哪怕她找一条狗，又关他什么事，她喜欢就行了。 张鹏很快有了新女友，在这个城市，找个女朋友又不是什么难事儿。麻烦在于，城市很大，朋友圈却很小。和张鹏出来几次，新女友听说张鹏的前女友找了个黑人，事情变得微妙起来。

两个人在一起，吵架总是难免的，吵得凶了，什么话都说得出来。有一次，吵得厉害了，她脱口而出，张鹏，你别以为自己牛逼，你有什么好牛逼的，你要是牛逼，人家怎么宁愿跟个黑人，也不要你！话一说完，她就后悔了，但话已经说出去了，想收也收不回来。这话伤的不仅是张鹏，她连自己也一块儿骂了。如果说戚美珍宁愿要黑人也不要张鹏，能够证明张鹏是垃圾，那她是什么？她是个捡垃圾的，也不是什么高级货色。张鹏的脸涨成猪肝色，他指着她，声音颤抖着说，你说什么？我说什么了？我说人家宁愿要黑人也不要你！她的嘴还是硬的。话音一落，张鹏一耳光扇在了她脸上。

吵完架，张鹏向她道歉。她也知道话说重了，两个人和好了。像是中毒了一样，以后只要一吵架，她总是能想起这事儿来。脑子里想的是，你是个什么东西，你和我吵架，你前女友宁愿跟个黑人也不要你。这个想法折磨着她，毫无道理，又无法克服，甚至她因此产生了浓重的羞耻感。两个人还是分手了。吃最后一顿饭时，张鹏说，我们这是怎么了？是啊，这是怎么了？一个和他们无关的人如此严重地干扰了他们的生活，这是他们没想到的。她用力地摇头说，张鹏，我也不知道怎么了，我也知道我这样不对，可我控制不住，你稍微对我不好，我就会那么想。再这么下去，我会疯的。戚美珍像个幽灵，她的恋爱像一把刀子搁在他们中间，稍不小心便会碰到刀口，让他们鲜血淋淋。临走，她对张鹏说，对不起。张鹏拉了拉她的手说，保重。转过身，张鹏的眼泪掉了下来，他是真的喜欢她。

去找戚美珍的念头是偶然产生的，他想告诉她发生了什么。和戚美珍在一起的两年，张鹏尽力了，戚美珍始终不冷不热，情侣间该做的事情，他们都做了，却总像隔着点什么。他以为他可以平静地面对戚美珍，和她说说话。可见到戚美珍，他情绪依然失去了控制，和分手前把戚美珍按到床上一样，他疯了。这个女人影响了他的生活，让他蒙受耻辱，他恨她。

每天下班，戚美珍像做贼一样，她不敢坐平时坐的电梯，即使坐也从来不到一楼。要么到负一负二，要么坐到二楼，走消防通道去别的出口。她还是被张鹏逮住过两次。她对张鹏说，张鹏，我到底做错什么了？我求求你放过我。张鹏说，我什么都不想干，我也不知道为什么会这样。这像一个噩梦，戚美珍想离开，摆脱这个噩梦，她只能辞职。马克买了两张去开普敦的机票，机票上印着他和戚美珍的名字。戚美珍对父母说，我买了去南非的机票。她妈眼睛红了，女儿到底还是要走了。还有半个月才走，再说，八月底我就回来了。戚美珍对她妈说。戚美珍不再出门，她想陪陪爸妈。

富宁街还是那样，街坊们也还是那样。在街上遇到汤素文，戚美珍喊了声，文姐。汤素文转身停下来等戚美珍，阿珍啊，好久没看到你了。戚美珍说，前段时间忙，回家晚，也懒得出来。汤素文说，再忙也要多陪陪爸爸妈妈，孩子大了，老人寂寞得很。戚美珍看了看汤素文提着的塑料袋说，买这么多菜，家里来客人了？汤素文说，什么客人，家里一共三个人，懒得去买菜，一次买两天的，放冰箱里方便。家里冰箱换了，那些老古董真是用不得。戚美珍说，我帮你拿吧。汤素文连连摆手说，不用不用，几个菜，没多少斤两。说完，望着戚美珍说，阿珍，你今年也二十五六了吧？戚美珍说，可不是，眼看成老姑娘了。汤素文说，女孩子，还是早点嫁人好，我像你这么大，波比都两岁了。你和张鹏什么时候把婚礼给办了，也让你爸妈放心。戚美珍笑了笑说，我和张鹏分手了。汤素文装作惊讶地说，你们分手了？可惜了，张鹏多好的孩子。又像想起什么一样说，我前两天还在巷口看到张鹏了，开车来的。我问他怎么不进来？他说，不进了，等你出来。也不晓得他今天来了没有，听士多店陈伯说，他每天都来的。戚美珍说，他爱等他等，反正我是不会跟他的。汤素文笑眯眯地看着戚美珍说，肯定是有新男朋友了，是不是？戚美珍说，嗯，过些天我可能要出去了。汤素文用手指着戚美珍说，你看你看，快结婚了还不把男朋友带回来给我们看看，神神秘秘的。戚美珍说，我怕他吓着你们。汤素文说，是什么人，还能吓着我们？戚美珍停下，站定，望着汤素文说，他是黑人，南非的。汤素文大概没想到戚美珍会这么直接，愣了一下。她说，黑人白人又有什么关系，只要懂得疼女人、对女人好、顾家就好了。戚美珍说，他对我很好，我很喜欢他。汤素文讪讪地说，那就好。

　　和汤素文聊完天，戚美珍轻松了很多。一会儿，整个富宁街的人都会知道，戚美珍要嫁给南非黑人，这

广州美人

个消息千真万确。她沿着富宁街慢慢散步,远处小教堂的钟声响了起来,空中似乎有鸽子在飞翔。富宁街的地面铺的青石,被磨得光滑透亮。她还记得五岁时摔过一跤,额头摔破了,流了很多血,好了后留了一道淡淡的疤痕。戚美珍摸了摸,它还在那里,比别的地方硬。走到巷口,她向四周看了看,张鹏的车停在巷口。戚美珍走过去,张鹏在里面打瞌睡。戚美珍敲了敲车窗,张鹏摇下车窗说,进来吧。戚美珍笑了笑说,不了,就这么说吧。张鹏说,也没什么想说的。戚美珍说,你要是当间谍,肯定是个差劲的间谍,等人都能等睡着了。张鹏也笑了起来说,你怎么来了?戚美珍说,真是奇怪,你不是一直等我来吗?张鹏挠了挠后脑勺说,好像是等你来,我已经习惯见不着你了,你又来了。戚美珍说,以后别等了,我要走了。张鹏说,听说了,去南非。戚美珍说,嗯。张鹏说,哪天?我送你去机场。戚美珍笑了起来说,你等我这么多天,就为了告诉我想送我去机场?张鹏说,很奇怪吗?戚美珍说,也不奇怪,你这算是送我最后一程。她把日期告诉了张鹏,约好在巷口见。

戚美珍告诉马克,她自己去机场,不用来接。收拾好行李,戚美珍父母送她到门口坐车。戚美珍要去

广州美人

南非的消息,富宁街的人都知道了,一群人跟在戚美珍后面。 戚美珍要嫁的男人是南非酋长的儿子,这个消息让他们心情复杂。 一个邻居对戚美珍说,阿珍,南非金子多,回来记得给我们带手信啊。 另一个接着说,那还用说,阿珍嫁到酋长家,家里的椅子怕都是金子打的,哪儿还在乎几个金首饰。 大家都在笑,戚美珍也跟着笑。 走到巷口,他们看到了张鹏,张鹏站在那里,手里捧着一束玫瑰,穿得整整齐齐,一伙人都愣住了。 戚美珍笑了笑说,他是来送我的。 张鹏把花送给戚美珍,帮戚美珍把行李搬上车,等戚美珍和父母告别完,他拉开了车门。 透过人群的缝隙,戚美珍看到了波比,他站在路边拍皮球,一下、两下、三下。

车快速地驰向机场,戚美珍的手紧紧地抓住安全拉手,闭上了眼睛。 如果这一刻,车飞了起来,狠狠地撞向路边的护栏,那也是她自找的。 张鹏不这么想,他只想快点到机场,把这个对他来说让他羞耻的女人快速送到机场,送到另一个国家。 他希望,她永远不要回来。

「 仙鹤图 」

邵轻尘是个画家。

做画家之前,他是个大开发商,盖房子卖房子,用专业的话讲,叫房地产开发商。四年前,正是邵轻尘事业的顶峰,他开发的楼盘在海城卖得火热,电视上、广播里、报纸上到处都是他楼盘的广告。他上个厕所,连厕所的框架广告都是他们公司的。邵轻尘某次酒后对我们说,你想想那感觉,本来你想去唱个歌,轻松一下,好家伙,走到电梯边上,你那肥头大耳正在显示屏上晃呢。人家怪物一样看着你,你恨不得把头藏到裤裆里去。还唱歌?尿都尿不出来了。邵轻尘说这话时,正坐在一张红木茶桌前,屋里点了沉香,窗外有竹,可以听见水一滴一滴地从屋檐滴到檐沟。他穿

仙鹤图

着麻白的袍子，斜襟，没有纽扣，细细的布条扎起来。脚下一双海青色的布鞋，头是光头，下巴刮得干干净净，一片天灰色。一架古琴横在三五米开外的长几上，古琴边有只鸟笼，里面养的画眉。画眉不叫、不跳，老僧入定一般。邵轻尘吸了口气说，还是这闲散日子好啊，自在，大自在。

退出公司前，没有任何征兆，邵轻尘把手一甩就走了。公司上下手忙脚乱，问邵轻尘，老板，到底怎么个搞法吗？你这一甩手走了，我们怎么办？邵轻尘说，你们想，该怎么办就怎么办。忙乱了一阵儿，公司重新上了轨道，邵轻尘也开始了他的新生活。搞房地产开发前，邵轻尘做建材生意，整天和一帮肚子遮住脚尖的胖子厮混。他也胖，可他见不得别人胖。在他看来，别人胖，那是毛病；他胖，是没办法。从建材转到房地产，邵轻尘得感谢一个人。这个人，邵轻尘只说是他的恩人，至于姓甚名谁，邵轻尘从不透露半个字。他不说，旁人也不好问。时间一长，房地产江湖有了传说，说邵轻尘有大背景、大靠山，可不是一般的人物。有人说起，邵轻尘一笑，不解释，不否认。他退出江湖，据说和他的恩人有关，也只是猜测，没得到证实。还在江湖时，邵轻尘颇具江湖气，吃喝玩乐无

广州美人

一不精,花起钱来更是毫不手软。我和邵轻尘接触不多,点头之交。他生意做得大,又不在一个行业,联系自然少。少有的几次相聚,吃完饭喝酒,他总是给每人安排保留节目,钱也提前付了,真是万丈红尘酒肉臭。

不做老板,江湖上邵轻尘的消息少了。再见到邵轻尘还是在酒局上,身份变了,由生意人变成了画家。邵轻尘瘦了一些,肚子遮不住脚尖了,他坐在谭斐边上。谭斐正说着什么,邵轻尘微微弯着腰,时不时点点头,恭恭敬敬的样子。我和谭斐打了个招呼,试探着叫了声,邵总?邵轻尘连忙说,不要叫邵总,不要叫邵总,我退出来一年了,闲人,闲人一个。谭斐问,你们认识?我说,认识,海城还有哪个不认识邵老板的。邵轻尘说,这样就不好了,我不是什么老板,你叫我轻尘好了。我愣了一下,轻尘?邵轻尘说,我改名字了,叫邵轻尘。你以后叫我老邵、邵轻尘、轻尘都行,就是不要叫我什么总、什么老板了,俗气,俗气。我倒了杯酒说,那好,轻尘,蛮好,蛮好。邵轻尘举起茶杯说,我敬马老师一杯,感谢,感谢。酒到酣处,邵轻尘依然拿着茶杯,从容自在的样子。我拉了谭斐一把说,老邵是不是脑子坏掉了?谭斐笑

仙鹤图

了起来说，脑子坏没坏掉我不关心，我只知道他现在跟我学画画。我说，不会吧？谭斐说，怎么不会？前些天还摆了拜师酒，规规矩矩的，请了一大帮圈内人。我说，就他这个土八路，还学画画？毛笔都没拿过吧？谭斐说，也说不定，有些东西看天分。我笑了笑说，你看他哪个毛孔有天分了？看钱吧？谭斐举起杯说，你这张嘴，刻薄，难怪都说你讨人嫌。一桌子人吵吵闹闹，喝得满面红光。邵轻尘微微点头，身体前倾，倒水，像个服务生。喝完酒，邵轻尘开车送人回家。这是事后谭斐告诉我的，我喝多了。谭斐指着我的鼻子说，老马，丢脸啊，丢脸。你知道你喝成什么样子了吗？走都走不动，还是轻尘把你背上车的。背你上车倒也罢了，你还吐了人家一车，他妈的，我的鞋子都被你吐脏了，怎么洗都去不了味儿，刚买的鞋子，一千多块钱，活生生被你糟蹋了。我说，有这事？谭斐说，我还骗你？我什么时候冤枉过你？

　　谭斐说的，我信。我们认识快二十年了，彼此知根知底。他说我吐了，那估计吐得不轻。我是一点印象都没有了。人到中年，酒量越来越差。以前能喝一斤，现在能喝六两算是不错了。最糟糕的是动不动喝断片，干了点什么全部不记得了。谭斐描述过一次我断片的场景。他说,我对着一个姑娘讲法国革命史,那真是口吐莲花,旁征博引,幽默风趣,绘声绘色。姑娘被我逗得花枝乱颤,时不时往我身上靠。我问,后来呢?谭斐说,姑娘想和你去酒店,你说,我是一朵穿裤子的云。我大惊,不会吧?这不是我的风格啊,她是不是长得很丑?谭斐说,丑什么啊,好看得很,到那会儿我才知道你喝高了。我不信。谭斐说,你看你的手机,你们互相留了电话,那姑娘叫什么来着?好像什么娜吧,你找找看。我一翻手机,果然有。我这才确信,我是真的断片了。刚开始断片,还会怕,会觉得羞耻。断多了,脸皮厚了,也就无所谓了。我问谭斐,邵国富,哦,不是不是,邵轻尘真跟你学画画了?谭斐说,你以为我骗你?我什么时候骗过你?我说,那倒没有。我只是没想到。海城最著名的画家谭斐一向以清高著称,他看不上眼的人,话都懒得说一句。邵轻尘一身铜臭,他做过的缺德事海城随便哪个人都能说上一两件,谭斐怎么会收邵轻尘做徒弟?再一想,明白了,没有比这更好的结合了。

　　再去谭斐画室,偶尔还会碰到邵轻尘,他一次比一次瘦,干净又精神。我和谭斐坐在边上抽烟、喝茶,

仙鹤图

邵轻尘握着毛笔站在画案前。谭斐时不时起身到邵轻尘身边看看,说几句,画上一两笔。在海城,我喜欢的去处不多,谭斐的画室算一个。他的画室在海城公园边上,原来是公园的物业办公室。后来,海城搞文化名家工程,决定将海城公园的空房子免费给艺术家使用,算是一举两得。一来显得政府重视文化,二来空房子变成了景观,对艺术家来说,当然也是好事情。谭斐来看过房子,觉得不错,写了个申请,就有了一套。装修是谭斐设计的,简洁朴素,不落俗套。从谭斐画室的院子望过去是一个大湖,湖面尽头一片暗黑的山影,游船不多。近处有竹林,高大粗壮。谭斐说,出竹笋的季节,狗日的笋子一天怕是能长一米,看着吓人。室内高阔,画框和装裱好的画乱七八糟地堆了一堆,占据了很大的空间,茶台和椅子放得横七竖八。我喜欢到谭斐画室玩,天南地北地一通闲扯,重要的是待着舒服,没任何拘束。

邵轻尘一开始学画,我有些不以为然,以为不过是附庸风雅罢了。第一次看邵轻尘画画,我暗自摇了摇头,他连笔都不会拿,更别谈什么水墨关系了。用行话说,他那不叫画画,涂抹的全是一团团的墨猪。为此,我还笑话过谭斐,说他想钱想疯了。谭斐倒是一

广州美人

副云淡风轻的样子,他说,老马,不急,等等。 我问,你收了他多少钱? 以前不见你收徒弟。 谭斐说,钱不多,我愿意。 如果讲钱,有教他的工夫,我画几幅不比这个划算? 我一想,也是。 过了大半年,有次等邵轻尘走了,谭斐叫我过去,指着邵轻尘的画问我,老马,你觉得怎么样? 我仔细看了看,笔墨还是幼稚,构图也简单。 谭斐说,你不讲技术,谈直觉。 我想了想说,有点特别,没什么匠气,自然。 谭斐点了点头说,按传统的说法,他这个算文人画。 你要讲技术,那没得谈,没十几年工夫画不好。 不说老邵,我也没这个精力教他。 我看中老邵的是一股气,说起来有点玄,我知道他没读过什么书,也没什么文化修养。 你看看他的眼睛,藏着一股气,这个气就是他画里的东西。 你们写文章的讲"我手写我口",老邵画的是他自己。 谭斐说,再看。 我说,用笔很野,有杀气。 谭斐说,你别看老邵穿了袍子,剪了头发,搞得像个得道高人,他心里的气还是没平。 我笑了起来说,你理解得还挺深的。 谭斐把邵轻尘的画卷起来,扔进纸篓说,你别看老邵现在画得不像个样子,再给他两年时间,不说大地方,至少在海城他能站得住脚。

还没到两年,邵轻尘开了画展,这在谭斐和我的意

仙鹤图

料之外。办画展前,邵轻尘问谭斐,谭老师,我想办一个画展,你看如何?谭斐想了想说,也好,是时候让大家看看你的画了。邵轻尘问谭斐,谭老师,你看在哪里办好?谭斐说,要么不办,要办就办好,海城美术馆吧。邵轻尘说,那行,就海城美术馆。说到海城美术馆,名气远远大过海城,专业地位是一个方面,更要紧的是海城美术馆在公园里面,那里原来是个造船厂。造船厂废弃后,政府请了清华大学和同济大学的专家做设计,就地改造;这一改不得了,成了海城的地标性建筑,据说拿了不少建筑大奖,一时声名鹊起。如果你是外地人,如果你到海城,你的朋友十有八九会带你去那参观,给你讲各种历史。海城美术馆在公园里面,占了一块好位置,门前湖水芦苇,细叶榕和棕榈树浓荫茂密。不说看展览,看风景都是极佳的。海城本地画家想在海城美术馆办个展览特别不容易,几年才有一个。通常,海城美术馆多是综合展,或者高水平大师作品展。

展览开幕多在上午,邵轻尘的展览开幕式安排在下午。门口摆满了花篮,怕是有上百个。参加开幕式的嘉宾有两个副市长、三个省美协副主席,本地文联主席自然在列,谭斐作为老师当然不会缺席。开幕式无非是领导讲话、剪彩，装模作样地参观。文联主席在讲话中强调，邵轻尘近两年在海城崛起的中青年画家中，非常具有代表性，他的画代表了自由风格，有种天人合一的境界。谭斐听了，微微笑，微微点头，鼓掌的声音不大也不小，分寸控制得恰到好处。邵轻尘的画多是大画，水墨酣畅淋漓，这还真不是吹牛。如果你看过高行健的画，我想你会赞同我的观点。邵轻尘的画和高行健的画在风格上有些类似，染出来的水墨，间或勾点几笔。用谭斐的话说，邵轻尘的画放得开，有股霸气，不能单纯从技术上苛求他。

等开幕式完了，邵轻尘留大家吃饭。他说，之所以选在下午开幕，为的就是搞完了好一起喝酒。一帮人安排好位置坐下，邵轻尘站起来说，我快两年没喝酒了，今天我喝，大家也放开来喝。这里没什么领导，都是朋友，都是兄弟。一伙人笑。邵轻尘说，今天高兴，谢谢大家给我这个不入流的捧场。说完，邵轻尘拿了个洋酒杯，倒了满满一杯洋酒说，我先喝一杯，表示感谢。他一仰头喝了，又倒了一满杯说，这杯我敬大家。众人纷纷举杯。喝完，邵轻尘又倒了一满杯，走到谭斐面前说，这杯我敬谭老师，教我这个不成器的学生，为难他了。谭斐拿起杯子和邵轻尘碰了碰说，

仙鹤图

老邵，慢点来，慢点来，你这个喝法，菜还没上你就醉了。邵轻尘说，谭老师，没事，这个心意我一定要到。谭斐喝了一口，邵轻尘喝完，脸红了，手有点抖。谭斐拉开椅子说，你先坐下。邵轻尘把手搭在谭斐肩膀上说，谭老师，感谢，你让我圆了一个梦。谭斐说，这是你的造化，当老师的不过领个路。

一帮人喝得东倒西歪，桌上地上，酒瓶子摆了一堆。本以为喝完散场，邵轻尘不依。他说，我在楼上订了房间，唱歌去，唱歌去，难得高兴，难得大家碰到一起。邵轻尘这话不假，海城美术界的大腕几乎全齐了，平时开会都来不了这么齐。有人说，老邵，算了，都累了，还唱个什么歌，都早点回去休息。邵轻尘的匪气露出来了，他说，那不行，在艺术界我是晚辈，但今天是我的展览，这个面子你们要给我，都上去坐坐，一个都不能走，有惊喜。他这么一说，再不去就不合适了。一行人转场去了楼上，一进门，都吓了一跳，桌子上摆满了白酒红酒啤酒。

邵轻尘挨个敬酒，他挤到谭斐边上问，谭老师，你说，我现在算个画家了吗？谭斐说，当然，你要是不算画家，那海城有几个画家？邵轻尘说，谭老师，你这么说，我高兴，我们喝一杯。喝完酒，邵轻尘站了起来，走到点歌台边上，和公主说了几句。等歌唱完，音乐声停了下来，邵轻尘拿起话筒说，各位老师，我有句话想问大家，也不知道合适不合适。一帮人鼓掌，拿着酒杯冲邵轻尘叫喊，合适，合适，问嘛。邵轻尘表情突然严肃起来，房间的喧闹声低了些。邵轻尘拿着话筒问，各位老师，你们说，我能算个画家吗？算，当然算，邵大师不是画家哪个是画家？杂乱的一片叫声。邵轻尘示意公主给他拿杯酒，他举起酒杯说，感谢各位老师，我终于是个画家了。喝完酒，邵轻尘啪的一声跪倒在地上，放声大哭起来。众人吓了一跳，谭斐赶紧跑过去把邵轻尘拉起来说，老邵，你没事吧？邵轻尘擦了把眼泪说，没事，没事，我躺一会儿。谭斐叫了两个姑娘过来说，你们看着老邵。过了半个小时，邵轻尘坐了起来，他像是重获新生了一样，眼睛里闪着干净的光。

再碰到邵轻尘，还是在谭斐的画室。我去的时候，谭斐和邵轻尘正在喝茶。见我过来，谭斐说，老马，你来了正好，老邵有点事情想和大家商量一下。重新冲泡了茶，谭斐对邵轻尘说，你把刚才的事再说说。邵轻尘有点不好意思地说，马老师，是这样，我想收拾个地方，方便大家以后一起聚聚。我说，挺好

仙鹤图

啊。邵轻尘说,以前,我觉得不好意思,一个粗人,搞这个显得特别做作。邵轻尘居然扭捏了下说,现在,我也算是个画家了,厚着脸皮搞起来,也不怕大家笑话了。我说,哪里的话,你收拾个地方是给大伙谋福利啊,怎么会笑话你。谭斐给邵轻尘倒了杯茶说,我说了吧,想搞就搞,哪个会笑话你?邵轻尘喝了口茶说,那好,既然谭老师和马老师都支持,那我就搞。谭斐问了句,有目标没有?邵轻尘说,目标倒是有,还没谈下来,要不下午我们一起去看看?谭斐看了我一眼,我说,行啊,反正我下午也没什么事。

吃过午饭,邵轻尘开车带我们出了城区。去的路上,邵轻尘对我们说,地方我去看过,真是很不错的,你们应该也会喜欢。谭斐问,在哪呢?邵轻尘说,不远,左埠村,你应该知道的。谭斐"哦"了一声说,那,我知道。在海城,不知道左埠村那就太没有文化了。不说别的,中国现代文化史上好几个赫赫有名的大家都出自左埠村,画家、作家、电影演员,应有尽有。邵轻尘说,你们知道左埠村出艺术家,不知道左埠村还出将军吧?我应了声说,这个还真不知道。邵轻尘说,我们要去的地方和将军还有点关系。谭斐

广州美人

说，怎么讲？ 邵轻尘说，房子是将军的祖业，他人在北京，想把房子卖了，但挑人。 我说，这倒有意思了。 邵轻尘说，人家将军不缺钱，怕人把他祖业糟蹋了。 老人家参加过对越自卫反击战，据说身上还有几块弹片。 谭斐脸阴了一下。

到了地方，下车一看，真好。 到底是将军的祖业，气势磅礴，高墙大院，青瓦覆宇，白垩敷壁，典型的徽派建筑，门前还有一条小河，河水难得的清澈。邵轻尘站在门外说，谭老师，你觉得怎么样？ 谭斐点了根烟说，好地方。 邵轻尘说，你到里面看看，里面更好。 说完，邵轻尘打了个电话。 放下电话，邵轻尘说，一会儿房东过来，说是房东，其实是替将军看房子的，族亲。 远处青山如墨，连风都是凉爽的。 老村落，村子里住的人少，都往城区去了，剩下的多是老人和妇女，时不时传来一两声狗叫。 我们三个在屋子边的水杉林抽了根烟，有人走了过来。 邵轻尘掐灭烟头说，房东来了。 开了门，迎面一个大院，种了鸡蛋花，正是开花的季节，粉白的开了一树，香味带着淡甜。 鸡蛋花树下，一池水，水里养了肥硕的锦鲤。 邵轻尘说，这个院子真是舒服，再摆一张茶台，过神仙日子。 穿过院子，里面的房间不大，可能是没人住的原因，隐约有点霉味。过道的墙上长了暗褐色的青苔，墙根的草绿得清爽。

　　看过房子，邵轻尘问，谭老师，你觉得怎样？谭斐点点头说，好地方。拿钥匙的人说，祖辈的产业，做得精细，能不好吗？邵轻尘说，阮先生，这个房子我是真想要，麻烦你和将军说一声，价格好说。阮先生说，我伯父你知道的，他不是想卖个好价钱，老人家一辈子出生入死，把钱看得淡。儿女都在国外，家里剩下的就这个祖业，他怕人把房子糟蹋了。邵轻尘说，你让将军放心，我会好好看着房子。我们都是文化人，想把这个地方搞成办雅集的地方，诗酒唱和，琴棋书画。左埠村原本就有文气，现在虽然不比以前，这点文气我们更要守住。阮先生扫了邵轻尘一眼说，邵先生，不是我不放心，你以前做房地产开发，我有点怕。万一出点事情，我和我伯父不好交代，要是把老人家气死了，我负不起这个责。邵轻尘连忙说，不会，不会，我早就金盆洗手了，我现在是个画家。说完，指着谭斐说，你看，谭斐谭老师，大画家，你应该听过他名字吧。阮先生点点头说，谭老师的大名我是听说过的，只是没见过面。邵轻尘又指了指我说，马拉马老师，大文人。阮先生说，幸会幸会。邵轻尘说，我们都是文人，搞不坏事情，麻烦阮先生转告将军，我是真心实意想要这个房子，海城也需要一个文人雅集的地方，找遍海城，没哪个地方比这里合适。阮先生捏了下钥匙说，这样吧，我和伯父讲讲，看他的意思。邵轻尘连忙说，那让阮先生费心了。

回城的路上，谭斐问邵轻尘，老邵，你盯这个房子多久了？邵轻尘说，不瞒谭老师，那还真有些时日了。你知道我没什么文化，一直仰慕文化人，找这个地方，也是我一个心愿。谭斐说，就这么简单？邵轻尘说，谭老师，我知道你想说什么，但你真想错了。我要是想买个房子，不难，犯不着使那么大的劲。回到谭斐画室，喝了几杯茶，邵轻尘走了。谭斐说，老马，我们两个今天被老邵当枪使了。我笑了起来说，能被人当枪使，说明还有点利用价值。用什么手段我们且不说，要是真按老邵说的，也是好事。谭斐说，就怕不是。我说，凡事往好的方面想吧，将军的房子，我相信老邵也不会乱来，他不怕老爷子一生气，掏把枪把他给崩了？谭斐说，也只能这么想了。说完，他站起来说，老马，我最近画了些画，感觉和以前比，有些变化，心里没底，你帮我看看。我说，我哪里懂？谭斐说，谈谈感觉，画了一辈子了，有时候感觉

仙鹤图

迟钝，站在旁边的可能看得更清楚。

　　接下来的两个月，因为忙，我去谭斐画室少了。偶尔去，也是闲聊几句。谭斐打电话给我，约我到他画室，我还以为有什么事。问他，他说，你先到我画室，来了再说。到了谭斐画室，邵轻尘也在，他正站在画案前画画，谭斐在抽烟。见我到了，谭斐掐掉烟说，老邵把地方收拾好了，约我们过去看看。谭斐一说，我想起来了，连忙对邵轻尘说，恭喜恭喜。邵轻尘放下笔说，为了这事情，我特意去了趟北京，跟老将军详细汇报了我的计划。老将军也是爽快人，听完我的计划，老人家激动不已，他说，他一直留着房子，就是等人来做文化，还给我题了字。我说，心愿达成，好啊。邵轻尘说，房子我稍稍装修了下，想请两位老师过去指导指导，提提意见。我看了谭斐一眼，谭斐眼光挪到别处。他喊我来，大概是想我替他拒绝的意思。他这态度，我倒是有兴趣了，扭过头对邵轻尘说，好啊。老谭，一起去呗。谭斐无可奈何地说，去嘛，那就去嘛。

　　到了左埠村，进了将军府。老旧的房子装修过了，邵轻尘毕竟还是房地产业出身，懂行。老房子重新装修，要是刷得簇新那就难看了，做得好的讲究个做旧如旧。房子还是老房子的格局，如果不仔细看，甚至看不出装修的痕迹，连摆的家具，也是做旧的仿古家具。邵轻尘说，最次的也是鸡翅木，结实得很。谭斐的脸色缓和了些。邵轻尘脸上隐隐有得色，他说，谭老师，马老师，你们提提意见，我及时改进。谭斐说，挺好的，挺好的，我还怕你糟蹋了房子，看来是我多心了。我说，房子搞得不错，就是缺了点活气。邵轻尘问，马老师怎么讲？我嘴巴一大说，这个地方隐逸清净，要是养两只孔雀，那就好玩了，静中带动，意境全出。我一说完，谭斐连连摇头说，马拉，不是我说你，你这一张嘴，满嘴的俗气，还养两只孔雀呢，你怎么不养凤凰呢？邵轻尘也笑了说，我倒是看过电影里养鸵鸟的，鸵鸟还他妈跑出来了。我说，至少摆个古琴，高山流水，再点上沉香，那个仙气，舒服。谭斐揶揄道，要不要再曲水流觞一下？我说，也不是不可以。邵轻尘说，两位老师见笑了，我搞这个地方，确实是想静下心来。红尘打滚几十年，我累了也烦了，这个地方清静，我后半生怕是要交待在这了。我说，那挺好啊，我也想。我记得林和靖先生是梅妻鹤子，你这虽然没有梅花，有鸡蛋花嘛，都是高雅的花种。院子里再种点荷花，那就完美了。邵轻尘说，荷

仙鹤图

花倒是可以，我想想。我说，再养两只仙鹤，那真是天上人间了。谭斐说，马拉，你还真会作，不是你的事，说着特别轻巧，是吧？邵轻尘说，这也不是不行。谭斐说，你别听他瞎扯。我笑了起来说，要不你请谭老师给你画个仙鹤图也行，仙鹤梅花，那也是林和靖先生的境界了。我一说完，邵轻尘说，马老师，你这一说，我还真想起来了，这个地方要是没有谭老师的画，那始终还是缺了点什么。谭斐说，老邵，你别跟着老马起哄。邵轻尘说，谭老师，我是真心想请你画幅画。马老师刚才说画幅仙鹤图，也合这儿的气场。谭斐哭笑不得地说，老马，我就不该叫你来。

又过了两三个月，邵轻尘打电话给我说，马老师，左埠村的房子收拾好了，想约大家一起聚下，你看你明天有没有空，下午四点，我们一起过去。我问，老谭呢？邵轻尘说，谭老师也一起，我和他讲过了。本来想给老师们发请帖，想了想太夸张了，就打个电话邀约下，不是不敬，还请马老师理解。我说，都是自己人，不客气。邵轻尘说，我还请了将军回来，让他看看，放心些。我说，好，好，明天见。挂掉电话，我给谭斐打了个电话问，明天怎么过去？谭斐说，找个人开车吧，难免要喝酒。我说，好。

广州美人

和谭斐刚走进院子，邵轻尘迎了出来，远远伸出手说，欢迎两位老师，到里面坐，将军三点多就到了。老人家上午的飞机，这会儿才到，行李刚放稳。 往里面走了几步，才走过门廊，突然传来嗯啊嗯啊啊几声陌生的鸟叫。 我吓了一跳，什么鬼？ 邵轻尘笑了起来说，一会儿就知道了。 迎面的客厅里挂了一幅仙鹤图，一看落款，谭斐的。 我指着画对谭斐说，谭老师，画得好啊，这鹤都要飞起来了。 谭斐瞪了我一眼。 邵轻尘说，为了让谭老师画这幅仙鹤图，我可花了不少心思，软磨硬泡，酒都喝了好几斤。 我笑笑说，值，有谭老师的画镇宅，百毒不侵。 将军坐在里屋，一头银发，精神矍铄，手里拿着根竹制的手杖，脸颊红润饱满，鹤发童颜说的大概就是这个样子。 等我们进了屋，邵轻尘向将军介绍道，这是谭斐谭老师，著名画家，外面的仙鹤图就是谭老师的手笔。 将军点了点头，伸出手说，画得好，画得好，海城艺术后继有人。 邵轻尘又说，这是马拉，小说家，出了好几本书。 将军把手伸过来说，好，好，年轻有为，后生可畏，我们是老了。 邵轻尘说，将军哪里老，要是再来一次自卫反击战，您还能上战场。 将军摆摆手说，老了老了，好汉不提当年勇。

仙鹤图

晚上的饭局充满仙气，邵轻尘专门请了厨师，菜做得素雅可口，酒是绍兴黄酒。酒席旁边，坐了一个穿着汉服的姑娘，在弹琴。墙角的位置摆了青铜朱雀香薰，烧的想来是伽南香。将军兴致很高，喝了好几杯黄酒，他说，本来不能喝酒了，今天高兴，破例喝几杯。将军满怀深情地看着房子说，祖辈的产业，到了我手上，我回不来，孩子们也都在国外，真是怕糟蹋了。现在放心了，有轻尘这样有心的青年才俊打理，也算是对得起先人了。邵轻尘连忙说，还要感谢将军支持，我代表海城的文化人敬您一杯。将军笑眯眯地抿了一口，邵轻尘喝完了杯中酒。正喝着，外面又传来几声嗯啊嗯啊啊的叫声，我皱了一下眉头说，老邵，这是什么鬼？老是叫叫叫的。邵轻尘说，你去院子里看看。将军笑了起来说，轻尘这文人气，还是太重了。来，来，大家一起到外面看看。将军站起了身，其他人跟随着将军起身。将军走在前面，像是带着一支部队。天还没有黑，院子里通透明亮。站在屋檐下，我看到两只白鹤，它们在那里悠闲地踱步，白色的羽毛，细长的腿，翅膀和头部的黑色光洁如漆。我一下子愣在了那里，他还真养了两只鹤啊。将军看着两只鹤说，有了这两只鹤，整个院子有了一股仙气，让我想起了梅妻鹤子的典故。我这一生，是做不了超脱人了。邵轻尘说，将军太谦虚了，您现在是活成老神仙了。一群人看着鹤感叹，说邵轻尘把事情做绝了。正说得热闹，只见一只鹤突然定住，稀里哗啦拉了一泡屎，又若无其事地走开，展了展翅膀，想飞的样子，很快又收了起来。

看完鹤，回到屋里继续喝酒。那天，我喝多了，好像吐了两回。晚上和谭斐一起睡的，他的呼噜声一声比一声大，声震屋瓦。我在凌晨醒来，外面蒙蒙亮，天地间像是涂了一层灰。绍兴黄酒，醉得快，醒得也快，我口干舌燥，想喝水。好不容易找到杯子，我倒了杯水。喝完水，整个人舒服了些。我走到院子里，鹤不知道到哪去了。想起昨天晚上的情景，有点像做梦。白鹤、古琴、汉服、伽南香、黄酒，这太古典了。想到院子外的万丈红尘，感觉非常不真实，甚至有种突兀的荒谬感，我们到底在干什么，干什么呢？谭斐醒来后，揉了揉脑袋说，这他妈的黄酒，一不小心就喝大了。我问谭斐，你那仙鹤图拿了不少润笔吧？谭斐说，还行吧，要是别人，我就不画了，说到底还有个师生名分，也不好拒绝。我说，也没必要拒绝，画什么不是画。谭斐笑了起来说，你在这谈这

仙鹤图

个,不觉得有点不搭调? 我也笑了起来说,也是。谭斐说,你啊,你真是把老邵给坑了。 我说,我怎么坑他了? 谭斐说,养个狗屁的白鹤,装逼装过了。你是不知道,为了找这对白鹤,他花了不少心思。 鹤多得很,形体好看的不多。 你昨天看仔细没? 这对鹤长得真是有仙气,灵性。 我跟他说,不要养鹤了,他不听,非得养。 不是说鹤不好,养这玩意麻烦。我跟你打赌,这鹤养不长。 我说,不见得吧。 谭斐说,你等着看嘛。

和谭斐再去左埠村,是半年后的事情了。 邵轻尘还是很够意思的,他给我和谭斐配了钥匙,说我们随时可以去,吃吃喝喝直接吩咐小廖就可以了,平时都是小廖在打理。 尽管如此,我们还是很少打扰,毕竟主人不在,我们过去总显得有些别扭。 那天碰巧邵轻尘也在,他在画画,画室里点着沉香,他穿着宽松的袍子,一派道骨仙风的样子。 我在院子里转了半天,荷花开了,结了莲蓬,院子里干干净净。 绕了一圈,我回到画室问邵轻尘,老邵,鹤呢? 怎么没看到鹤? 邵轻尘摆摆手说,不说了,不说了。 我说,怎么不见鹤了? 也没听到它叫。 邵轻尘面上有些尴尬。 我出了画室,到处找白鹤,想看看它们是不是长大了些。

广州美人

上次看它们,还有点小。在厨房后面碰到小廖,我问小廖,小廖,鹤呢?怎么不见了?小廖笑了起来说,你还问鹤啊,没啦。我说,怎么回事?小廖一脸嫌弃地说,你是不知道那玩意,看着好看,真他妈脏啊。每天吃鱼虾倒是小事,到处拉屎,臭得要死,一天洗几回地还去不了那味。我说,你别扯其他的,鹤呢?小廖说,我是不想伺候它们,没了好。我有点着急说,你别绕来绕去,就问你鹤哪去了?小廖说,吃了。我大惊说,我操,不会吧?小廖说,怎么不会?就上个礼拜,我亲手杀的。小廖说,前些天邵总来了几个朋友,从中午喝到晚上,喝大了。也是奇怪,那天鹤叫得特别厉害,吵得人静不下来。他一个朋友开玩笑说,这鹤叫得烦人,要不杀了吃了?我还不知道鹤是个什么味呢。邵总不说话,笑眯眯的。我早就想把鹤给杀了,就问邵总能不能杀。邵总看都没看我一眼,继续喝他的酒。我知道他的意思,他也嫌鹤拉屎拉得臭烘烘的,叫起来烦人,以前他抱怨过几次。我干脆把两只一起杀了,看起来那么大个家伙,身上没多少肉。马老师,我跟你说,鹤肉不好吃,又干又柴,还腥,还不如夜游……小廖还在絮絮叨叨,我转过身走了。

仙鹤图

　　回到画室，邵轻尘正和谭斐聊天，他们聊到了王羲之和徐青藤。 室内弥漫着沉香好闻的味道，微风如手，亲切动人。 画眉鸟在笼子里轻快地跳跃，间或一两声清脆的鸣叫。 画案上摆着邵轻尘刚画完的画，他画的是梅花仙鹤图，他的梅花点得俏丽润泽，有冰片般的质感，仙鹤潇洒独立，风采凛然。 谭斐说，有点味道了。 我坐下来，喝了杯茶，问邵轻尘，你外面挂的仙鹤图卖不卖？ 邵轻尘连连摆手说，谭老师的作品，这等雅物，怎么能卖！